Né à Créteil en 1955, Pierre Jourde enseigne à l'université de Grenoble-III. Il est l'auteur d'une quinzaine d'ouvrages comprenant des essais (*L'opérette métaphysique d'Alexandre Vialatte*, *Empailler le toréador : l'incongru dans la littérature française* et *La littérature sans estomac*, satire de la littérature et de ses auteurs en vogue), une analyse de *À rebours* de Joris-Karl Huysmans, ainsi que des fictions (dont *Pays perdu*, qui a reçu le prix Générations du roman).

En 1998 il crée et dirige la revue *Hespéris*, qui réunit aussi bien de la poésie, des nouvelles, des critiques que des textes scientifiques.

Festins secrets, paru en 2005, a reçu le prix Renaudot des lycéens 2005, le Grand Prix Thyde Monnier de la Société des gens de lettres 2005 et le prix Valéry Larbaud 2006.

PIERRE JOURDE

PAYS PERDU

DU MÊME AUTEUR
CHEZ POCKET

LA LITTÉRATURE SANS ESTOMAC
FESTINS SECRETS

PIERRE JOURDE

PAYS PERDU

L'ESPRIT DES PÉNINSULES

Le noyau de ce texte provient d'une nouvelle, « Funérailles », publiée dans *L'Atelier contemporain*, automne-hiver 2001.

Le Code de la propriété intellectuelle n'autorisant, aux termes de l'article L. 122-5 (2° et 3° a), d'une part, que les « copies ou reproductions strictement réservées à l'usage privé du copiste et non destinées à une utilisation collective » et, d'autre part, que les analyses et les courtes citations dans un but d'exemple et d'illustration, « toute représentation ou reproduction intégrale ou partielle faite sans le consentement de l'auteur ou de ses ayants droit ou ayants cause est illicite » (art. L. 122-4).
Cette représentation ou reproduction, par quelque procédé que ce soit, constituerait donc une contrefaçon sanctionnée par les articles L. 335-2 et suivants du Code de la propriété intellectuelle.

© L'Esprit des Péninsules 2003.
ISBN 978-2-266-14378-3

Pour Claude Louis-Combet

*Merci à tous les habitants de L.,
à Dzouzé (alias Bernard Jannin),
à Marie-Paule et Jean-Jacques Le Moan.*

I

Dans la faculté qu'a le village de féconder des légendes, depuis les vacances de notre petite enfance jusqu'aux jours présents, la route ne compte pas pour rien. Du temps où notre père conduisait la voiture, nous partions au petit matin. On traversait alors toutes les villes, toutes les bourgades. Chaque nom appelait le suivant. Chaque lieu présentait ses obstacles, côtes et virages, feux et planques habituelles de gendarmes. Leur franchissement plus ou moins réussi alimentait la chronique déroulée tout au long du voyage, dont les figures et les variations se nourrissaient des précédentes chroniques.

Le centre exact du parcours se trouvait à La Charité. Nous y faisions un arrêt rituel, avant le casse-croûte en bord de nationale. Le nom odorant et charnu de la ville convenait bien à ses vieilles rues grises de province, si immuables qu'elles semblaient figées pour toujours à l'heure de la sortie de la messe, confites dans des arômes de pâté en croûte, de fromage et de vin cuit. L'arrêt avait un autre motif que de satisfaisaire les goûts géométriques de mon père. Il fallait rendre une visite. C'était, dans un quartier de voies biscornues, une haute maison remplie d'espace et d'ombre. Je la revois mal. À cette distance qui m'en sépare aujourd'hui, il n'en subsiste que des pans aussi flous que des images de rêves anciens.

On pénétrait dans une grande salle peu éclairée, remplie de meubles noirs. Quelques fragments de lumière dormaient au fond de vases et de vitres. Tout au fond se tenait un couple de bonnes gens silencieux, un peu recroquevillés par l'âge. Je ne me souviens plus du mari, à peine de la femme. C'est elle que mon père venait voir. Elle parlait en roulant les *r*, on l'aurait volontiers imaginée coiffée d'un bonnet à ruches. Elle était souriante, un peu triste. Mon père aussi, me semblait-il, mais la visite lui faisait visiblement plaisir. Il nous présentait, on nous donnait un biscuit, un fond de vin cuit. On repartait.

J'aimais ce rituel, sans doute parce que je sentais que mon père y tenait, et aussi à cause de l'ombre, du silence, des formes indistinctes dans l'espace de la maison. Je n'en comprenais pas la véritable raison. Remplies d'une nécessité inexplicable, les choses n'avaient pas besoin de raisons. Plus tard, je devais apprendre qui était la dame souriante et triste au fond de la vieille maison, ce qu'elle représentait pour mon père et pourquoi il fallait s'arrêter à La Charité à chacun de nos voyages.

Par une ironie bizarre, il y a fait une nouvelle halte sans l'avoir prévue, bien des années après la mort de la vieille dame, alors que j'avais à peu près oublié déjà les visages, les meubles, et qu'il ne me restait de la maison pleine d'ombre, comme presque tous les souvenirs, qu'un sentiment de la lumière. Le chauffeur du corbillard qui transportait le cercueil de mon père au village suivait cette même ancienne route, et c'est à La Charité qu'il décida de s'arrêter pour prendre son déjeuner.

*

Depuis que l'autoroute existe, la complexité du parcours n'a guère diminué. Au néophyte, on doit fournir des explications détaillées et des plans, car on va de ramification en ramification, avec cette circonstance aggravante qu'on emprunte toujours la branche secondaire, la moins évidente, la plus étroite, celle qui monte. L'autoroute quittée, il faut traverser un plateau, descendre en lacets dans une vallée étroite, serrée entre des falaises basaltiques. Là, on rejoint la nationale. On la quitte presque tout de suite, en franchissant un pont de pierre, pour prendre la direction d'une bourgade écartée de deux kilomètres. Mais on ne va pas jusque-là, on bifurque à nouveau très vite vers un autre village, moins important. On longe une vallée de prairies et de vergers entre des montagnes couvertes de petits chênes presque estompés d'usure.

Jusqu'à une date très récente, rien n'y changeait, d'année en année. L'inanité des cantonniers était proverbiale. On dépassait aux mêmes endroits les mêmes chantiers déserts, les travailleurs tentant encore d'apaiser leur soif inapaisable. Un trou dans la chaussée devenait un accident naturel, une part inaltérable du paysage. Depuis peu, comme partout ailleurs, une rage de travaux a saisi les maires, les routes ne cessent de s'élargir, on en ouvre de nouvelles, on bitume les pistes. Les bulldozers passent partout, transforment les chemins creux en fondrières, arrachent en quelques minutes les vieux murs patiemment édifiés. Pourtant, dans la vallée, un autre temps se conserve, comme une ombre dans les creux. Les ponts de pierre et les pommiers rabougris maintiennent le paysage dans une désuétude paresseuse. Eux-mêmes se retiennent, se tassent. La croissance figée dans leur masse noueuse s'est muée en retours tortueux sur soi.

On approche enfin de ce village où mène la route, et dont on aperçoit, tout près, la massive église. Mais on n'atteindra pas non plus cette destination. Juste avant, on abandonne encore la route principale pour emprunter une voie qui grimpe dur. Au début des années soixante, mon père s'y aventurait avec une Ford Vedette, un énorme engin au poids exorbitant. La déclivité s'avérait plus forte que le moteur, et il fallait descendre, suivre à pied en attendant que la route apaise sa rage d'escalade.

Par d'étroits lacets, on traverse une forêt de pins et de vieux chênes mangés de lichen gris. L'ascension dure. En sortant de la forêt, on finit par rejoindre un hameau coincé entre une falaise et le vide, dominant un déploiement de gorges boisées. Une ou deux têtes à casquette se retournent au passage, suivent longuement des yeux le véhicule étranger, comme pour bien se convaincre de son existence.

À la sortie, il faut à nouveau quitter l'axe principal. La bifurcation arrive sans prévenir, sous la forme d'un virage sec et pentu, qui renverse complètement la direction, comme si l'on changeait d'avis d'un coup. Il faut le négocier avec prudence, mais autrefois, quand la route était très resserrée, ce retournement exigeait une réelle dextérité, d'autant plus qu'on passe entre la falaise et l'à-pic qui domine les toitures. Lorsqu'on arrive en fin de journée, à la belle saison, on est à peu près certain de tomber là sur un troupeau. Les bêtes entourent le véhicule, s'immobilisent, décident de rêver un moment. On cherche le propriétaire des yeux, mais la vue est bouchée par des mufles couverts de mouches. Enfin, on arrive à se faufiler entre les panses et l'abîme.

Encore un plateau, à l'extrémité duquel, un bref instant, avant de replonger droit dans une pente obscurcie par des sapins noirs, on peut apercevoir le but. Les montagnes occupent tout le champ visuel, désertes à l'exception du petit paquet d'habitations grises, là-bas. Cela semble encore très loin, même si cinq minutes de voiture suffiront pour y parvenir. Les quelques maisons, toits et murs de basalte noir, se détachent à peine de la colline rocheuse à la pente méridionale de laquelle elles s'accrochent.

Si lourdes les montagnes et si perdues d'aspect, entrelaçant les friches et les bois, si petit, si indistinct le bout de village enfantin qu'on dirait une illusion. On est dans le loin. On aura beau avancer, se dit-on, on n'ira pas au-delà. Le village là-bas, quelque effort qu'on fasse, on se demande si on l'atteindra jamais. Quel chemin prendre, d'ailleurs, pour franchir tant de vide? Par où passerait-il? On n'aperçoit que des courbes où pénètre le ciel comme une mer, des reliefs qu'il a écrasés, et qui s'allongent, s'étalent, s'enfoncent dans des trous sans fond. La montagne ne s'élève pas, elle s'abaisse, se rétracte, et l'on sent la poussée, la présence invisible et tyrannique de l'espace. Si ces minuscules maisons semblent si reculées, c'est qu'elles constituent l'axe d'un paysage où tout ne cesse de régresser dans l'immobilité. Lorsqu'on y sera, on se demandera encore si on est bien dans ce qu'on a vu, si on n'a pas aperçu un mirage, un village fantôme; mais la montagne passant la gueule entre tous les murs, ou l'horizon, plus grand qu'ailleurs, où se déversent et se vident les maisons, les chemins et les prés, rappelleront à chaque instant qu'on y est: loin.

Déjà le jour faiblit, de grands pans de terre baignent dans l'ombre. Deux ou trois points lumineux se sont allumés parmi les maisons, vacillants, si fragiles qu'ils se réduisent presque à des signes, réabsorbés de temps à autre par le noir, pour en ressortir tout de même. C'est à eux que doivent ressembler ces lueurs aperçues dans la forêt par les héros des contes, et qui les perdent. À les voir, on sent déjà le froid plus vif, le vent roulant deux feuilles dans les venelles noires, le passage d'un chien silencieux, le souffle d'une bête à corne invisible et puis, s'avançant au ras de végétations indistinctes, humide et chargé d'odeurs lourdes, le mufle de la nuit.

Difficile d'estimer à quelle distance se trouve le lieu que désignent les lumières, les obstacles qui en séparent, si cet emplacement qu'elles s'efforcent si faiblement de marquer obéit à une logique, une disposition harmonieuse de l'espace. Elles ont l'air de vouloir sauvegarder encore un peu l'idée de lieu, en dépit de tout, alors que tout l'espace est occupé par les longs mouvements de l'obscurité qui se déploie, théâtralement, en vastes plissements.

À nouveau, comme si on ne devait jamais en finir, descendre entre les hauts sapins noirs, à nouveau remonter en lacets qui mènent la voiture tantôt ici, tantôt là, nez vers la roche, nez vers le vide. Les incessants changements d'orientation modifient les perspectives et les paysages, et la route a l'air de ne jamais décider dans quel pays elle va, au fond des forêts, dans les hauts pâturages ou sur le rebord des plateaux. On n'a pas seulement abandonné la ligne droite, mais encore la logique même de l'orientation. La route se transforme doucement en lieu. Les virages ne sont plus des détours, ils valent pour eux-mêmes.

Entre les branches s'ouvrent des perspectives de collines pelées qui déroulent leurs variations de courbes et vont s'amenuisant très loin. On passe encore sous une voûte de hêtres, on se hisse dans une pente plus raide, on effectue un dernier retournement complet tout en se tirant hors de l'ombre froide. La voiture vire au ralenti, se laisser porter par la force de la route. On est jeté en plein air. En dessous des montagnes accourent, tournent, passent hors de vue. On ralentit encore, le temps de remettre les roches et le ciel à leur place. Les premiers toits sont tout proches.

Autrefois, l'été, il arrivait qu'un véhicule immatriculé dans un autre département, voire à l'étranger, pénétrât dans le village. Il hésitait, s'immobilisait devant la piste caillouteuse, engluée de bouses, qui dégringolait vers l'église. Pas d'autre issue apparente. Un passager sortait, demandait où se trouvait la route. On prenait un air faussement désolé pour lui répondre. Plus de route : elle n'allait pas plus loin. Plus de route ? Comment faire ? Pas d'autre solution que de rebrousser chemin, parcourir les cinq kilomètres de lacets jusqu'au prochain carrefour. L'erreur de l'étranger faisait sourire : il ignorait que personne n'avait rien à faire ici. Personne, à part ceux qui y habitent, n'a de raison d'y aller. Pas non plus de possibilité de le traverser pour aller ailleurs.

Aujourd'hui, on a prolongé la route : elle va rejoindre les hautes prairies où les troupeaux de Salers restent à l'estive. Mais elle passe derrière le hameau, qui persiste ainsi dans son statut de cul-de-sac. L'un des grands plaisirs de l'itinéraire tient à cela : nous allons quelque part, tout au bout de la route, comme si les voies multiples du monde devaient s'achever là, et nous arrivons dans ce qui n'est qu'à peine un lieu. Au terme d'un amenuisement interminable, la route épuisée n'est presque plus une route, mais quelque chose d'indécis et de terreux, entre le chemin et la chaussée bitumée, le village presque plus un village : quelques bâtisses au milieu desquelles l'herbe et les arbres poussent. On y va avec cette jouissance de qui se glisse dans l'oubli, au fond d'un grand sommeil, et toutes les fatigues du voyage ne nous ont jamais menés que nulle part.

« C'est un pays perdu », dit-on : pas d'expression plus juste. On n'y arrive qu'en s'égarant. Rien à y faire, rien à y voir. Perdu depuis le début peut-être, tellement perdu avant d'avoir été que cette perte n'est que la forme de son existence. Et moi, stupidement, depuis l'origine, je cherche à le garder. Je voudrais qu'il soit lui-même, immobilisé dans sa propre perfection, et qu'à chaque instant on puisse s'en emplir.

L'ai-je jamais eu, ce pays perdu ? Je le perds, je ne cesse de le perdre. Dans mon esprit, dans ma mémoire, à chaque heure de mes séjours là-bas je le soutiens en moi comme on aide à marcher un vieux parent dans les corridors d'un hospice, espérant qu'il demeure encore en lui un peu de lui-même. Son corps me pèse. Ses toitures de lauzes s'écroulent, ses vieux murs s'effondrent ou sont démantelés, ses chemins creux arrachés par les bulldozers, ses forêts rasées, ses landes livrées aux plantations et ses prés aux pneus en tas, aux ballots sous plastique. Tout cela sur moi, sur mes épaules. Garde-t-il encore un peu mémoire de lui-même ? Ce n'est pas aujourd'hui seulement que je le perds, et je ne suis pas le premier à le perdre. Mon père, autrefois, parlait avec regret du temps où il avait tenu la ferme seul, pendant la guerre. Il se souvenait des burons d'altitude, sur les flancs du volcan. Il y montait, l'été, acheter aux bergers une fourme qu'il chargeait sur son dos. Et c'étaient dix kilomètres de descente aérienne, dans l'herbe seule. Je la connais, cette jouissance des grands dévalements en plein ciel, cette liberté. Mais déjà alors les vieux devaient regretter un pays plus ancien, une autre vie, plus intense. Et il y a deux siècles, les ancêtres aux noms oubliés, alors que ni les maisons ni les arbres que nous aimons n'existaient, quel inimaginable village avaient-ils perdu, eux, qui n'a rien à voir avec celui dont nous vivons chaque jour la nostalgie ?

Ainsi, depuis le début, à longues journées, au prix de milliers de kilomètres, nous ne gagnons le pays que pour voir à quel point nous le perdons, et pour tenter de le retenir un peu encore, de garder dans ce monde quelque chose dont nous ne savons même pas ce que c'est.

Comme tout le monde, je me laisse aller à croire que ce pays a été vraiment lui-même dans le passé. Je dois aussi m'avouer que c'est une illusion. En même temps que, de promenades en randonnées et de récits en rencontres, j'essayais de le trouver, d'en dresser la carte, j'avais toujours, même si je l'ignorais, déjà commencé à le perdre. Pourtant, lorsque j'y pense à présent, tout en me reprochant de tenir à un lieu, je finis par comprendre que se recueille encore là, peut-être, cette bizarre qualité : le sentiment même de la perte, dans toute sa douloureuse intensité. Pays perdu, alors, parce qu'il demeure l'un des rares où l'on peut s'égarer, s'enfoncer dans des lieux sans direction et sans signification, des espaces de pure usure. Car ce n'est pas une mythique jeunesse que l'on cherche en lui, pas de fondations ni de rénovations. Pas la haute antiquité, non plus, la noble mémoire. Pas de grande histoire ici, de riche folklore, de gisement de contes. On sent partout la vieille lutte de l'homme contre la déperdition et la sauvagerie, si intime que les lutteurs sont devenus, indistincts, doubles agrippés l'un à l'autre. Non, tout comme il se tient au bord de nulle part sans s'y dissoudre tout à fait, le pays tente de se glisser vers la vieillesse même, simple et nue.

Peut-être est-ce cela que je lui demande, que je voudrais parvenir à étreindre en paix sans y parvenir : cet état jamais pleinement atteint où la figure, déjà effacée, demeure encore, presque invisible. Le peu qui a été construit, la forme dure des maisons et des prés, paraît glisser vers l'informe. Il affleure en elles. On ne le voit pas, on le sent, il nous attire à lui, il nous enveloppe. Peut-être le cherchons-nous, instinctivement, aveuglément, de même que les veaux nouveau-nés avancent le museau vers la chaleur du pis, parce que nous ne pouvons pas vivre sans cette nourriture.

*

Outre l'attrait de l'hiver, du féroce hiver, nous avons une bonne raison de descendre, mon frère et moi, en plein mois de février. Il vient d'hériter. Un vieux cousin, qui vivait en sauvage, dans sa ferme, tout au bout d'une route égarée dans les montagnes. Je ne l'ai pas revu depuis l'enfance. Le cousin Joseph, qui n'avait guère d'autre famille, a tout laissé à mon frère, le seul à aller le voir un peu régulièrement, c'est-à-dire trois fois par an. « Tout » signifie les terres à vendre pour régler les droits de succession, trois sous à la caisse d'épargne pour les obsèques et les dettes d'hôpital. Ce tout ne fait pas grand-chose : de quoi conserver la maison, seule en face des forêts de hêtres. Voilà donc mon frère provisoire détenteur de quelques hectares de friches, de bois, de prés. Quant à la ferme, le cousin Joseph en avait fait un entrepôt de toute la crasse, de tout le rebut d'une vie, jusqu'à ne plus pouvoir y risquer le pied, parmi les aliments périmés, les guenilles, les matelas pourris et les bouteilles vides. Trente-cinq ans que je n'y suis pas allé, mais je connais. Ordures et loques croissent naturellement dans les maisons trop abandonnées à la solitude de ces pays désertés.

Ce voyage a donc officiellement un but administratif (le notaire) et hygiénique (ce ne serait pas rien que de vider et nettoyer l'antre du cousin), mais aussi un autre, plus discret. À brûler trop vite des ordures, vieux sacs, cartons, sommiers, on pourrait commettre un geste regrettable. La grange, l'étable, les murs, cela signifie l'essentiel, mais il reste l'autre face de l'essentiel, surtout lorsqu'il s'agit de la maison d'un vieux qui a fini longuement, tout seul : le magot, le trésor. Cet objet mythique se présente sous une forme peu variable : bijoux de famille, napoléons économisés par plusieurs générations, billets parfois périmés ou mangés par la vermine. On sait en quoi il devrait consister, pourtant on l'imagine toujours différent. Et il l'est. Les pièces d'or ne sont jamais les mêmes, gagnées par des peines qui n'appartiennent qu'à ceux qui les ont subies. Ou bien elles sont les mêmes, en effet, comme toutes les peines sont identiques.

Chaque maison, dans le pays, imagine le trésor diffusant son éclat profond entre les quatre murs de chaque autre maison, protégé par l'épaisseur de ses pierres et ses lauzes sans aménité. Où se trouve-t-il, enfoncé dans quelle terre, retiré dans quel tiroir, confiné dans quel matelas? Il retient sa lumière autour de lui comme une mère ses enfants dans ses jupes, mais on le voit tout de même, et plus distinctement à la nuit tombée, lorsqu'on se couche et que les paupières se referment sur l'or de l'autre, ce vieux tourment. On le décèle, on le recueille déjà dans le creux de la paume, il va nous désaltérer de nos anciens désirs, mais le sommeil tire le rideau à ce moment précis.

Le plaisir de la route se nourrit aussi de l'idée qu'on nous attend : à peine arrivés, on ira boire le coup chez Lucas, qui exploite notre ferme, et vit dans la maison mitoyenne à la nôtre avec ses parents, comme on continue à le faire encore dans le pays. On causera, on rira. On racontera des bêtises et des blagues salaces. On jouira du plaisir d'être là, assis à la table, les chiens entre les jambes, pendant que la tourmente, dehors, secouera des restes de neige. L'œil d'Antoine, le père, s'allumera sous la casquette, il se lancera dans un assaut d'invention verbale avec mon frère, où le patois se mêlera avec le français. On rejouera les propos des bien ivres de Rabelais. Antoine se fera rituellement rabrouer par Adrienne, sa femme, qui ne supporte pas sa truculence.

Ensuite? On ira reboire un coup dans la ferme voisine, chez François et Marie-Claude. Comme d'habitude on fera semblant de refuser l'invitation à dîner avant d'accepter. Le dîner sera joyeux. Leur petite fille, Lucie, est encore à l'hôpital pour le traitement de sa leucémie. Mais la vie est la même, et l'accueil toujours rieur pour les amis, dans une abondance miraculeuse.

Dernier virage avant d'arriver. Plus haut, un troupeau qui sort d'un pré bouche la route. Mon frère arrête la voiture. Nous descendons un instant, prendre le dernier soleil. On est presque au plus haut du pays. Sur les dômes éloignés, la lumière qui s'attarde a l'air d'étaler des peaux de bêtes. En dessous, comme au fond d'un bassin d'eau verte, les vieux monstres allongés côte à côte étendent leurs crêtes interminables. Leurs durs cuirs crevassés, parasités de roches et d'arbres secs, émergent du fond de gorges si abruptes qu'on n'en peut voir le fond. De maigres villages colonisent leurs échines. Microscopiques conglomérats de coquilles, ils semblent infiniment lointains. On perçoit pourtant, parfois, l'aboiement du chien et le bruit du tracteur, spectres de bruits humains accrochés à leurs vents. Puis de nouveau le silence infusé de rumeurs, où baignent les montagnes, éveillant en nous un même grondement, bruit fossile obstiné, sans articulation, sans parole.

Dans les environs, il ne reste presque personne. À La Vialette, la dernière, la Léa, vient de mourir. Elle ne sortait plus. Il y a deux ou trois ans, on pouvait la croiser, sous les chênes, avançant de sa démarche curieusement saccadée. Les rotules et les hanches bloquées par l'arthrose, elle parvenait à se déplacer au moyen d'un système très personnel de ficelles. Tirant celles-ci, elle actionnait ses propres jambes, pantin d'elle-même. À Bessèges Bas, Berthe s'entoure de ses quatre-vingt-treize ans et des vieux microsillons qu'elle peut passer à fond, en chantant aussi fort qu'elle le veut. Le village, dans son fond de vallée où vient buter la petite route qui sinue entre les rocs, serre quelques maisons vides, sauf la sienne. Ils sont tous morts. Morte la mère Gazam, que l'on croisait avec ses chèvres. On ne la voyait pas tout de suite tant elle avait fini par ressembler aux pierres, souriante et cassée comme une sorcière de conte. Mort le fils Gazam, à peu près fou, sans avoir trouvé, dans les petites annonces, l'Antillaise capable d'épouser cette solitude. On l'imagine, Berthe, entonnant ses rumbas langoureuses et ses javas canailles, l'après-midi, fenêtres ouvertes dans le village désert. Autour de ses chansons, sur des kilomètres, la forêt recouvre tout. Un reste d'allégresse chaloupée s'aventure timidement entre les arbres. Maurice Chevalier esquisse trois pavés et un fantôme de réverbère dans la solitude, comme un enchantement de pacotille. Une petite bulle de fête éclate et se disperse, atone, avec la voix traînante de Berthe.

Dans le village du cousin Joseph, ils restaient trois, dans deux maisons. Il vient de mourir à son tour, parvenu à ce grand âge où même les colosses de sa taille lâchent prise, où, si férocement attachés qu'ils soient à leurs quinze hectares de pentes caillouteuses, à la poussière des maisons noires qui sent le lait et le feu, il leur faut bien abandonner.

Leur grosse main rouge et noire n'a plus rien à tenir. Elle s'ouvre tout doucement sur un drap d'hôpital.

Au-dessus de nous, qui dominons ces plis au fond desquels ils subsistent, invisibles, ultimes, penchés sur leur poêle, ramassés au coin du foyer, au-dessus de tout s'élève le cône lourd du volcan. Là bas c'est la steppe, l'herbe sans limite. Une petite Mongolie inhabitée. On peut marcher tout le jour, en plein ciel, sans voir personne, que les troupeaux de vaches rouges et les chevaux. Ils se détachent sur les tertres lointains, à perte de vue, colonnes de fourmis immobiles. On sait, en arrivant, que tout cela nous est donné, sans restriction. De nouveau on descendra droit dans la profondeur des gorges, au cœur des bois où plus personne ne pénètre. De nouveau on s'étendra sur la mousse verticale des pentes pour sentir la terre tourner. De nouveau, à la nuit close, on ira derrière la maison voir grouiller les étoiles. On s'endormira en devinant, derrière les murs, l'inépuisable réserve de rêves de la forêt. Forêt pour personne, sans personne, aux chemins tortueux et perdus, forée de grottes inexplorées, qui nourrit nos nuits. Pas encore éventrée par les bulldozers, pas plantée de sapins calibrés, pas transformée en usine à bois.

On repart. Le cimetière et la croix marquent l'entrée du village. La route nous a égarés de paysage en paysage pour arriver ici, sept maisons habitées au milieu de rien. Entre ses murs de pierres sèches, le cimetière a la même allure de vieux saurien que les maisons et le four banal. D'entre les tombes on voit les maisons toutes proches, les vagues de montagnes recouvrant d'autres vagues, jusqu'aux plages bleues de l'horizon, Forez et Margeride. Après le cimetière et la croix de la mission, on pénètre dans le hameau. Souvent on s'arrête en arrivant pour serrer une main, héler une casquette dans une cabine de tracteur, laisser passer un troupeau de canards snobs. Aujourd'hui, c'est la grand-mère Élise. Elle longe le mur du garage. À quatre-vingt-cinq ans, elle travaille encore, grimpe les pentes verticales du communal pour aller y brûler genêts et genévriers. Pourtant, son pas est plus hésitant que d'habitude. On baisse la vitre. Son visage entouré d'un fichu entre dans la voiture. Elle dit : « Lucie est morte ce matin. »

*

Lorsqu'elle était toute petite, l'été, Lucie s'approchait prudemment de notre maison. Elle nous regardait lire au soleil. Elle parlait peu, se contentait de nous fixer en souriant, debout dans la lumière. Minuscule et ronde, dans ses vêtements très simples, elle intimidait par sa beauté. Jamais depuis je ne l'ai vue sans ce sourire qui concentrait l'évidence rayonnante de sa personne et, au-delà, les animaux qui passaient lentement derrière elle, les cloches annonçant le retour des troupeaux pour la traite du soir, la montagne. Devenue presque une jeune fille, quand la maladie l'a eu dépouillée de ses cheveux, de la couleur radieuse de ses joues, le sourire demeura.

Le mal avait transformé l'enfant blonde et dorée en adolescente blême et chauve comme un mannequin.

Il aurait pu tout lui prendre, le sourire serait resté. À s'être défait de ce qui paraissait le soutenir, il avait gagné en force, se dépensait avec la même générosité distraite et familière. Il se déployait pour lui-même, pareil à la fixité inaltérable d'un beau jour. À l'annonce de sa mort, j'ai revu tout cela. Toutes les apparitions de la Lucie enfant sur le chemin, tous les jours d'été où ses yeux se fixaient sur nous s'étaient fondus dans ma mémoire en une seule apparition miraculeuse, un unique jour d'été. Lucie nous avait dispensé en une fois toute l'enfance. Nous avons pris conscience, à ce moment de l'annonce de sa mort, dans la voiture, de la prégnance de cette image. Elle avait pesé sur la Lucie réelle, nous avait peut-être empêchés d'approcher d'elle comme il aurait fallu. On n'entre pas aisément dans l'intimité des apparitions passées.

Ce que nous ignorions, à la contempler dans ces jours de sa petite enfance, c'est que nos larmes un jour en viendraient. Elles commençaient là. Que les qualités de ce qu'on aime nourrissent en secret des chagrins, on l'ignore presque toujours. On ne veut pas le voir. On le pressent cependant, dans la crainte qui s'attache aux choses vraiment belles, on tourne autour, on se garde d'ouvrir la porte, sachant ce qui se tient derrière, avec sa face atroce. Vivre n'est possible que si la porte demeure fermée.

Durant ce moment, dans la voiture arrêtée à l'entrée du village, le visage et les mains de la grand-mère entrant dans le corps du véhicule où nous nous tenions immobiles, nous regardions notre ignorance d'autrefois, nous nous regardions ne pas savoir, en ces temps heureux, que la force qui nous charmait alors en Lucie était la même qui nous tirait des larmes, aujourd'hui. D'elle, tout devenait d'un coup souvenir, au souvenir nous renverrait toujours désormais l'étonnement de la voir absente, mais tout ce qui dans la mémoire conservait son image vivante, aussi réelle et hors d'atteinte qu'un reflet se maintenant seul dans un miroir, se hérissait de pointes et de lames qui nous blessaient. Il nous fallait à chaque fois revenir vers elle en avançant dans cette forêt tranchante.

Lucie est morte à l'hôpital, en ville. L'ambulance a monté le corps aujourd'hui même, un peu avant notre arrivée. L'enterrement est fixé à demain. On ne donne plus la messe dans l'église du village, sauf le jour de la Sainte-Madeleine, et à la Toussaint pour la bénédiction des tombes. Les mariages se célèbrent à l'église de la commune, devant la vierge noire. Restent les enterrements. Le dernier auquel j'ai assisté ici est celui de mon père. La veille, nous avions tous dîné ensemble, une dizaine de personnes autour de la grande table. Dîner étrangement gai. Nous avions beaucoup ri. Après la cérémonie, quatre hommes ont porté le cercueil. Le curé marchait devant. Trois cents mètres sur le chemin qui monte raide, depuis l'église jusqu'au cimetière. J'ai pris l'habitude, depuis ce jour, d'aller toucher la tombe.

Les vieux basaltes, dont les pellicules de lichen orangé adoucissent le grain, finissent par ressembler à une peau. Je posais l'extrémité des doigts sur la pierre. À nouveau je le touchais. J'essuyais son front couvert de sueur, ses lunettes embuées, alors qu'allongé sur son lit d'hôpital il tentait de me parler sans qu'aucun mot puisse franchir sa bouche. À nouveau je posais les doigts et les lèvres sur son visage mort. Le courant m'atteignait de plein fouet. Impossible de se détacher de cette pierre. D'année en année, l'intensité a baissé. À présent je ne viens plus toucher la tombe pour sentir sa peau, mais pour tenter de me remémorer une sensation morte. C'est à la sensation que je songe, et non à lui. Alors je me reproche ce geste vide. Je m'en veux de cette sentimentalité sans contenu, qui blasphème une piété disparue, réduite à des rites. Mais peut-on s'en vouloir d'accomplir les rites sans recevoir la visite du dieu ? Qu'il faille avoir honte de son absence signifierait que la douleur est honorable. La douleur n'a rien d'honorable. L'idée même est déplaisante, comme si l'on pouvait tirer quelque rétribution de cela. Ni la souffrance, ni l'absence de souffrance ne peuvent se vivre sans culpabilité. Il faudrait apprendre à ne plus s'en vouloir.

II

Nous entrons chez les parents de Lucie, dans la grande salle un peu sombre où tant de fois nous avons trop mangé, trop bu, ri trop fort, fomenté des farces qui alimentent encore la chronique locale. Marie-Claude se tient debout près de la cheminée, avec Guillaume, le frère de Lucie. François est attablé devant un verre. On s'embrasse. Rien ne diffère des jours ordinaires. Sur le beau visage oriental de Marie-Claude, seules les paupières sont un peu rouges. La poignée de main de François est aussi ferme que de coutume, son visage impassible. Mais d'habitude, ses yeux couleur d'herbe claire, lorsqu'ils se posent sur l'interlocuteur, s'allument, se mettent à rire, et l'on est pris dans cet éclat, admis sans condition dans cette bonté à vif; chez quiconque elle sait trouver où embraser la gaieté et ranimer une insouciance tranquille, la même dont l'éclat frappe à tout instant chez François, lorsqu'on le voit casser son bois, remuer le fumier, conduire son tracteur, attentif et ailleurs à la fois, roi qui aurait décidé de vivre une existence de paysan. Nous savons qu'il peut lui arriver de se montrer violent. Son coup de poing n'est pas réputé pour sa tendresse et il n'aime pas qu'on lui manque de respect. Mais cela n'altère pas la permanence de sa bonté. François, si simple, impressionne qui voit se poser sur lui les prunelles vertes. On sait aussitôt que quelqu'un est là, quelqu'un d'autre que ce paysan debout, avec ses épaules larges, sa face d'imperator et sa cordialité grande ouverte. On ne sait pas exactement en présence de qui ou de quoi on se trouve. François est habité par sa force, qu'il ignore ou dont il se fout. Et l'on sent que ce quelque chose en lui de souverain trouve en soi sa propre satisfaction, sans mépris ni arrogance, accordant d'avance à chacun la même royauté.

La lumière, aujourd'hui, a reculé loin dans les prunelles vertes. François et Marie-Claude souffrent cette perte qui suffit à détruire une vie. Plus de sommeil serein pour eux, de réveil heureux ni de joie sans amertume. Pourtant, nous le savons déjà, à notre prochain séjour, le regard de François à nouveau nous invitera dans sa jubilation, le sourire de Marie-Claude se réjouira à nouveau du plaisir des convives qu'elle sert et ressert, et de leur étonnement devant les repas dont elle fait, chaque jour de l'année, une fête somptueuse.

Entre Besson, le marchand de bestiaux. Il est tard déjà, l'heure de l'apéritif. Marie-Claude et François tiennent table ouverte en permanence, chacun peut entrer, s'asseoir, dîner, seul ou accompagné. Même les pires ivrognes, ceux qui vont de maison en maison en cherchant partout un autre verre. Quel que soit leur état, ils seront accueillis, abreuvés, nourris. Bien souvent Gustave vient traîner au moment où l'on met le couvert. Il a été des années le valet de François. Marie-Claude ajoute une assiette pour lui, y compris les jours où, perdu de gros rouge, les yeux injectés de sang, il est à peine capable d'articuler ses mots. J'ai souvent dîné à côté de lui. Il est arrivé que Gustave, la bouche pleine de potage, puant la vinasse et la sueur, projette dans mon assiette, scories d'une éruption spasmodique de mots, quelques fragments de vermicelle.

Besson est à peu près dans le même état, rouge, encombré, cordial. Il a derrière lui plusieurs faillites, tous bénéfices bus en apéritifs, continue à organiser tout de même des foires plus ou moins licites, au prix de quelques combines. Il monte rendre visite à la morte, s'attable pour prendre un verre, la conversation s'éternise, les apéritifs s'additionnent. Marie-Claude est visiblement épuisée, elle voudrait dîner. Depuis des jours, des semaines peut-être, elle ne dort plus. Mais Besson se prend à sangloter comme un veau à l'évocation de sa défunte femme, figure tout à coup sanctifiée dans le regret de laquelle se rédime en direct, devant nous, l'échec d'une vie. Il ne sait plus très bien ce qu'il dit, et, lancé dans son éloge funèbre, parle de son veuvage comme d'un malheur comparable à nul autre. «Ah, tu sais, on a tous nos malheurs, mon pauvre», glisse François, compatissant. Besson l'admet, comprend, passe à un autre sujet, puis, titubant, se décide à partir.

*

Six heures approchent. Bientôt l'heure de la traite. D'autres visiteurs viendront à la veillée, et demain. Nous quittons François et Marie-Claude, le temps de garer la voiture, de débarquer les bagages. À peine le temps d'entrer dans la maison, déjà le téléphone sonne. La grand-tante Léontine. Elle est déjà au courant. Rien ne lui échappe. Elle demande qu'on passe la chercher demain matin, pour les obsèques.

Dans le cimetière, le caveau qui attend Lucie est à deux mètres de celui où repose notre père. Nous nous sommes entendus avec François : je porterai le cercueil de Lucie, comme François a porté le cercueil de papa.

À présent l'évidence de sa mort me ressaisit, et plus encore l'oubli de ce qu'était cette mort, dont la brutalité pourtant, à l'époque, dix ans auparavant, n'a cessé de me tenir au ventre pendant des mois. Je ne l'ai pas assez écouté. Personne ne l'a écouté. Une fois, une seule fois il m'a parlé de ce qu'avait été son enfance, mais ç'avait été trop bref pour que je puisse bien comprendre, trop lacunaire pour que je me représente les choses. Il lui est arrivé aussi de faire des allusions à la dame de La Charité, mais sans insister. Mon père n'insistait jamais. Et maintenant j'aimerais savoir. J'en sais trop peu, et sans doute ai-je depuis cette conversation de quelques minutes, ici même, dans un chemin de campagne, comblé avec de l'imaginaire les grands vides de son récit. Léontine sait. Elle est une agence de renseignements à elle seule. Mon père l'aimait, ils étaient très proches au temps où il était fermier ici. Elle est âgée à présent, tout ce qu'elle sait disparaîtra avec elle. Et j'éprouve tout à coup l'urgence de la voir arriver, je me fabrique, tardivement, après des années de négligence, un devoir de piété d'entendre de sa bouche, complétée, éclaircie, l'histoire de mon père, celle du moins des années cruciales qu'il avait passées ici, à Fauconde, où tout s'est joué de ses origines, de l'absurde division de sa vie qui a fabriqué sa personnalité, son effacement, sa difficulté à parler, sa bonté. Tout serait venu de là, de cette grosse maison de basalte où nous n'avons pas encore eu le temps de faire nos lits pour la nuit.

*

Nous retournons chez François. Ils ont à peine fini de dîner. Déjà les visites reprennent. La petite repose dans sa chambre du premier étage. Marie-Claude propose: «Tu veux monter la voir?» Nous suivons dans l'escalier, la familiarité de la maison nous accompagne jusqu'au lit de la morte. Depuis le matin, en dehors des heures de traite et de soin aux bêtes, François et Marie-Claude ne font que cela, la visite, transformés en gardiens du musée de leur fille défunte.

Je pose la main sur ses joues froides, comme je l'avais fait pour mon père, comme je pose encore la main sur la pierre froide. Morte, elle conserve son sourire, mais à peine esquissé, réduit à l'essentiel.

Un sourire pour soi, survivant à la disparition de celle sur qui il s'était posé quelques années, calme comme celui d'un kouros, semblable au rayonnement impersonnel de la matière. Un peu d'écume ensanglantée paraît par instants entre ses dents translucides, que Marie-Claude tamponne avec un mouchoir.

Pourquoi faut-il sans cesse que nous revenions à l'image du mort, à sa tombe, à son corps ? L'émotion s'émousse à ces contacts renouvelés. On cesse de mesurer, à chaque fois, l'écart béant qui sépare ce cadavre et celui qui a été. On se sent moins violemment empoigné par cette contradiction insoutenable d'une présence en laquelle se matérialise et se creuse indéfiniment l'absence. Alors, on se tient devant le corps, et on ne trouve plus rien en soi, on s'éprouve vide, l'être allongé là ne signifie rien de plus que les murs et les arbres que l'on croise tous les jours sans y penser.

Pourtant, on ne recherche pas cette usure et ces moments de rémission. On veut maintenir vivante l'image de celui qui n'est plus. En revenant à son visage, on parvient à oublier l'appareil froid du deuil, les souvenirs viennent s'articuler à ce point fixe de la présence. On lui assure une survie chétive, égrotante : ce fantôme, dans la mémoire, est condamné à refaire toujours les mêmes gestes. Il n'a plus d'autres ressources. Lorsque la force de le maintenir en vie manquera au vivant, le fantôme se dissipera progressivement. Si l'usure empêche de soutenir cette vie intermittente, si à force de retraverser les taillis de lames, l'image se défait, on se le reproche comme une infidélité. On tente de retrouver la blessure. L'idée de cesser de souffrir, dans cet acharnement à la douleur qui n'aboutit qu'à en éprouver toujours un peu moins, fait souffrir encore, de sorte que le chagrin se met à ressembler à une volonté de chagrin. À l'horreur essentielle d'avoir perdu un être cher vient s'ajouter le petit supplément de désarroi de ne pas trouver de vérité.

On ne peut pas même se reposer dans la bonne conscience du chagrin: si l'on n'éprouve rien, on se le reproche. Lorsque revient la souffrance, aussi insupportable soit-elle, on se rassure sur ses capacités d'amour. On se suspecte de l'avoir cherchée pour se savoir gré de souffrir. De sorte que même les moments où l'on est empoigné à l'improviste, secoué, retourné, vidé, condamnent à s'en vouloir. On est pris au piège. La mort ne laisse plus de répit. On se surveille. À se surveiller, toute émotion devient objet de soupçon, et le soupçon trouve à se justifier dans les intermittences du chagrin, le caractère fortuit des occasions où il s'exprime, comme s'il n'était que le produit d'une petite machine fantasmagorique. On remarque qu'il pousse hors de nous les soupirs et les larmes à des moments particuliers. Il s'associe à des objets, à des photographies, à l'ensevelissement, au mouchoir essuyant la sueur et le sang aux coins de la bouche, au travail du corps persistant sans la vie.

La suspicion s'épanouit dans l'idée que le chagrin ne concerne en réalité que soi-même. Ce n'est plus seulement avec la douleur qu'on lutte, mais avec soi. On s'en veut de cet égoïsme, de cette attention à soi à laquelle on s'est soi-même acculé par crainte de ne pas respecter une impossible vérité de la mort. Même le désespoir n'a rien d'absolu, même lui jette hors de soi, exilé d'une authenticité que l'on pensait réfugiée, peut-être, dans ces confins. On a cherché le souvenir vivant, et la douleur qui l'accompagne, comme une vérité; on s'aperçoit, dans la douleur de la perte, qu'on reste banni de toute vérité, celle de l'autre comme celle du sentiment que l'on éprouve envers lui. La mort nous laisse dans les territoires du semblant et de l'inconstance, nous chercherons toujours un objet hors de notre portée. Le royaume des ombres chuchotantes, condamnées à ne plus rien toucher de substantiel, à se nourrir de brouillard, exilées de caresses, semble, plus que l'image du séjour des morts, celui des vivants enfermés dans la fausseté essentielle de la mort.

Les calculs effectués à notre mesure humaine s'abîment dans la mort, nous reviennent défigurés, nous réduisant à admettre que nous ne pouvons disposer d'un peu de sens qu'à l'intérieur des limites, étroites, arbitraires et menacées entre lesquelles nous confinons nos émotions. Ces agitations ressemblent à la vie, elles singent l'intensité si obstinément absente de nos existences. On veut et on ne veut pas de cet afflux de sentiments mêlés, entortillés les uns aux autres comme des corps de serpents, qui nous comble d'une substance amère et frelatée.

Au retour de nos déambulations dans ces cercles, nous nous regardons. François à sa table, Marie-Claude le dos à sa cuisinière. Guillaume travaille à l'écurie. Le visage de Marie-Claude est entaillé de rides neuves qui n'entament pas sa jeunesse, comme celui d'un enfant fraîchement scarifié. Nous sentons qu'aussi fort que nous puissions nous serrer, nous ne nous tenons pas, nous tâtonnons les uns vers les autres dans la confusion, nous nous touchons comme des aveugles qui tentent de se reconnaître, et c'est sur cette seule tentative que nous pouvons un instant nous reposer, par elle que nous sommes lavés, non de notre incurie, mais de nos fatigues.

J'ai vue Lucie, je l'ai touchée. Pourtant, lorsqu'un nouveau visiteur entre, s'assied à côté de moi, prend un verre, monte à son tour, j'ai l'impression de manquer quelque chose, il faut que j'y retourne, moi aussi, une fois, deux fois, comme s'il y avait dans la mort quelque chose d'inépuisable.

*

En descendant de la chambre de Lucie, le visiteur reste un peu encore, debout dans la grande salle. Personne ne bouge, ni ne parle. La suspension ne suffit pas à éclairer la vaste pièce, ni la cuisinière à bois à la chauffer entière. Une ombre travaille les visages, absorbe les meubles et les dépouille de leurs détails. Les surfaces nues et les arêtes émergent. Sous la lumière jaune éveillant une chair dure et lourde qui en composerait l'uniforme substance, les choses et les êtres paraissent étrangement peu nombreux. Ils ne trouvent pas leur place dans cet espace creusé, enfoncé. Il leur faudrait parcourir de grandes distances pour se rejoindre. Dans notre peau froide, notre mutisme, nous ressemblons aux figures d'un musée de cire composant une scène dont le sens demeurerait énigmatique à qui ignorerait qu'il lui est conféré par un personnage absent : celui qui repose au-dessus, séparé seulement de nous par les lames familières du plancher, pesant sur l'air dense que les chuchotement traversent avec peine. Le sens de la scène tient au reflux de tout sens, aspiré entre ces lèvres à demi ouvertes qui ne restituent plus rien, ni souffle ni mot, abandonnant nos formes désaffectées.

La matière des morts, dans ces heures qui suivent le décès, se fige. Déjà, ils sont entrés dans les limbes. Ils occupent, raides pharaons, un temps et un lieu intermédiaires. La substance de mon père, dans ce moment de suspens, présentait un aspect lisse et jaune. On avait revêtu ce golem d'un costume de marié. On lui avait mis aux pieds de cassantes chaussures noires, qui luisaient. Cet accoutrement trop apprêté contrastait durement avec ce qu'il contenait, quelque chose d'étranger à toute idée de vêtement et de civilisation. Sur cette cire inerte, on avait imprimé des traits qui ressemblaient aux siens. Le caractère superficiel de l'empreinte étonnait. Lorsque ce qui la portait se retrouverait seul, dans l'obscurité définitive, l'empreinte humaine se résorberait vite. Elle n'aurait jamais été qu'une marque temporaire, un effet de surface jouant quelques années sur une concrétion carbonique. La raideur de l'habit, sans doute, était destinée à compenser cette fragilité, à obliger la matière de la mort à rester encore un peu avec nous, dans le monde des formes.

Des épousailles se préparaient dans le noir. Cela s'avancerait, endimanché et grinçant, sur les longs chemins à parcourir sans pensée, sans repos.

On voudrait, en les palpant, les retenir, prévenir cet enfoncement lent des formes dans la substance. Mais l'indifférence de celle-ci, par le bras et la main qui l'a touchée, nous monte au cœur, nous gagne les organes, comme un maléfice caché dans certains objets leur donne le pouvoir de transformer en leur propre matière la chair vive qui les a effleurés.

Le père de Marie-Claude est adossé au mur, près de la porte d'entrée, mains derrière le dos. Quelque chose, dans son visage, rappelle le demi sourire de la morte. Il n'exprime rien. Avec sa casquette, sa veste de grosse toile bleue et ses moustaches, c'est l'effigie du paysan en visite. Le travail de soixante années tombe sur cette silhouette neutralisée et la rive au sol. Sur le canapé en face de la télévision, deux femmes à cheveux blancs, tête penchée. L'une, en blouse à fleurs, est la mère de Marie-Claude. Ils habitent tous deux, le grand-père et la grand-mère, la dernière maison du dernier hameau avant les steppes du volcan. Encore retenu chez nous par les vieux murs tapissés de lichens, accroché aux barbelés et aux buissons d'épines noires dont les blessures sont venimeuses, enserré dans l'entrelacs des parcelles minuscules d'herbe et de fougères que leurs propriétaires ont obstinément soustrait aux séductions du remembrement, le pays, là-haut, s'ouvre d'un coup. Le volcan règne sur les paysages. Le vent que rien n'arrête plus roule sans discontinuer. L'hiver, il empoigne ceux qui passent et les travaille à coups d'ecir, se déverse de force dans leurs yeux jusqu'aux larmes, dans leurs oreilles jusqu'au vertige, au fond de leurs gosiers jusqu'à l'ivresse. Marie-Claude est venue de là-haut épouser François.

Au centre de la pièce, la grande table déserte, flanquée de ses bancs, paraît repousser tout le monde. Chacun se retient en soi-même, se garde de trop exister, de peur qu'un surplus de vie ne nourrisse encore cette ombre qui gagne malgré tout.

Tout le début de l'après-midi sera occupé par la cérémonie. Il faudrait pourtant essayer de passer chez le cousin Joseph. La maison d'un mort attire les convoitises, spécialement celles de qui estime que le legs ne va pas à bonne destination. Il ne reste que la fin de la journée, lorsque tout sera fini, mais la nuit tombe très tôt. Demain, on verra ses pareils accourir aux obsèques, les vieux qui ne sortent jamais de leur village écroulé, sauf pour les enterrements. Viendra d'un coup toute la famille dispersée, dont il faut normalement des années de visites pour faire le tour. Des cousins, on en a un peu partout, dans les montagnes, que l'on va voir de temps en temps. Parfois, à l'occasion d'une fête patronale, en approfondissant au bar l'inépuisable question des liens de parenté (et le son du bal disco ne facilite pas la compréhension de ces structures toujours embrouillées), on s'en trouve un nouveau.

*

Entrent les Maranne Jacques, pour la visite au mort. Du moins la mère et la fille, Josiane et Christine. Josiane épaisse et large, empaquetée dans sa robe à fleurs, Christine moins corpulente mais fortement charpentée elle aussi. Elles ont du mal à assourdir leurs voix d'ordinaire tonitruantes. Raymond, le père, viendra plus tard. Ils habitent en bas du village, la dernière maison avant le chemin creux empierré qui s'enfonce vers la rivière. Les visiteurs s'y risquent moins qu'avant, à cause de leurs chiens dépourvus d'aménité. J'y descendais plus souvent, autrefois.

À cette époque, Claudine occupait, tassée dans son fauteuil, le bout de la table, au fond, face à la fenêtre. Claudine était la fille de Germaine et de Jacques Maranne, la sœur de Josiane. Elle ne bougeait jamais de son fauteuil, et je ne sais pas si de sa vie elle est sortie de la maison. Je ne l'ai jamais vue en plein jour, seulement dans la pénombre de la maison, le dos à l'alcôve, deux mètres derrière elle, où l'on devait la coucher à la fin de la journée. Claudine était handicapée mentale et obèse. Elle parlait difficilement. On arrivait à tenir avec elle des conversations rudimentaires. Elle se souvenait bien des prénoms, même lorsqu'elle n'avait pas vu le visiteur depuis plusieurs mois. Il y a un plaisir à entendre son prénom familièrement prononcé par une bouche dans laquelle le langage semble lutter contre des obstacles insurmontables ; plaisir masqué d'abord par quelques illusions : on croit faire preuve d'un peu de générosité en s'intéressant à un être si démuni, en lui parlant au lieu de chercher à éviter son regard, à esquiver ses marques d'affection. Mais Claudine dissipait vite les mirages de la générosité et du contentement de soi. Le grand dénuement nous démasque : tout ce qu'on a cru un instant lui donner n'est encore rien au regard de ce qu'il lui faudrait. On ne voit plus, crûment, que ce qu'on s'est accordé à soi-même : s'apercevoir un instant très loin de soi, dans ces confins d'une conscience en partie murée, comme si cet obscur reflet, son nom dans la bouche du mongolien, son visage dans sa tête, constituait une preuve d'existence.

On croisait souvent Jacques, son père, sur le chemin du Bas, une pâture commune à la poignée d'habitants du hameau, s'étendant sur un plan de pentes presque verticales, face au village, de l'autre côté d'un ruisseau au lit encaissé. Le soir, des troupeaux remontent par cet itinéraire, et les corps épais des bêtes obstruent complètement l'étroit passage entre les murs et les ronces. Sur ce même chemin mon père m'avait parlé de sa vie, un jour, et depuis je n'ai pas pu y tenir de conversation sans songer à celle-là.

Jacques était ce qu'on appelle un beau vieillard : toujours vêtu d'une veste et d'un pantalon de toile noire, coiffé d'un chapeau noir, il tournait vers son interlocuteur un visage régulier, sec, un peu austère, et surtout des yeux très bleus. Sa jambe raide, qu'il poussait dans les pentes en s'aidant de sa canne, ajoutait encore à la dignité patriarcale du personnage, à son aspect de vieux sage campagnard, toujours prodigue de fines considérations sur le cours de l'existence. Aux caractéristiques ordinaires de la conversation là-bas, faite de prudences et d'ironies, de piques et de civilités, il ajoutait toute l'apparence de la bonté, et une espèce de hauteur de vue qui s'accordait parfaitement au bleu de ses yeux. Par la suite, j'ai su des duretés de sa part, des violences. Ma dernière conversation avec lui a été courte: il levait son gourdin, éructait en patois et ses yeux éclataient de fureur. C'était à propos d'une vétille, un gamin jeté par jeu dans l'abreuvoir des vaches, conformément à une tradition établie de grosses plaisanteries.

Sans doute il avait déjà commencé de glisser dans la folie. Il est mort peu de temps après. Je ne sais pas jusqu'à quel point son personnage de vieux sage était joué, pour la galerie et pour lui-même. Il était quelqu'un d'autre que ce beau paysan de carte postale, mais il l'était aussi. Il serait trop simple de n'y voir qu'insincérité, sous prétexte qu'un autre pouvait agir dans la salle enfumée de sa maison, avec sa femme ou son gendre, avec ses deux filles, Josiane et l'autre, Claudine, la handicapée. Il y avait peut-être aussi le tyran, le manipulateur, l'acharné de la vendetta fraternelle (la haine qui l'opposait au clan de son frère, dont la maison était à cent mètres de la sienne, remontait sans doute à une époque qui précédait ma naissance), mais ce vieux sage au regard bleu, il l'était aussi, ne serait-ce que parce qu'il s'efforçait de l'être, et lui donnait le droit à l'existence.

Germaine, un jour, est tombée malade, on a dû l'emmener à l'hôpital, c'est-à-dire loin, en ville. Claudine n'a pas supporté l'absence de sa mère, dont elle dépendait en tout. Elle est morte très vite.

Dans son hôpital, Germaine a eu une attaque. Lorsque l'ambulance l'a remontée de la ville, elle était paralysée. Sa fille était déjà enterrée. On a installé Germaine dans ce même fauteuil où Claudine avait vécu l'essentiel de son existence, à ce même bout de la table, au fond de la salle, face à la fenêtre étroite qui, à l'autre extrémité, encombrée d'objets, obstruée de rideaux au crochet, ne laissait passer qu'une lumière épuisée. En entrant, on la voyait là, toujours souriante. Derrière le fauteuil se tenait Jacques, au coin le plus ombreux de la pièce, comme du temps où le corps trop pesant de sa fille l'occupait. Lui aussi souriait: aucune dureté dans son regard bleu, sinon sa nuance même, froide et métallique. Germaine se plaignait bas. On entendait surtout dans cette plainte à peine émise, vite étouffée, la culpabilité d'être devenue un objet à charge. L'assentiment du cercle de famille, disséminé à tous les coins de la salle, entourait un instant ce souffle de lamentation exhalé au creux de la pénombre, puis l'on passait à autre chose. On ignorait si cette approbation, décidée mais rapide, acquiesçait à la dureté d'un tel sort, ou à l'humilité de celle qui le subissait et savait admettre son inutilité de poids mort. Après quoi, il s'agissait de boire un coup, et l'on cessait de s'occuper de Germaine, qui sans mot dire continuait à sourire à tout, indistinctement, aux nouvelles, aux boissons, aux plaisanteries, comme si à présent, de par quelque loi cachée, tout dût être agréé de la même manière et fût devenu égal.

À son tour, par une étrange réversibilité de leurs destins, elle dut passer une longue partie de sa vie immobile dans ce fauteuil. Quinze années durant, elle ne sortit plus, ne vit le jour que sous la forme de cet unique carré de lueur grise enchâssé dans l'épaisseur des murs. Elle abandonna même progressivement le fauteuil pour le lit qui occupait l'alcôve juste derrière. Elle reculait d'un cran encore, un enfoncement d'un mètre cinquante dans les murs, dans un peu moins de lumière. Vers la fin, on tombait parfois sur l'infirmière en visite. La paralysée avait plus fréquemment besoin de soins. On refaisait les pansements de ses pieds, deux choses noires et sans forme d'où émanait une puanteur. L'immobilité finissait par la nécroser doucement. Le même sourire d'excuse saluait l'exhibition de ces avaries.

Christine s'est mariée avant la mort de sa grand-mère. Le nouvel époux est allé s'installer chez sa femme, en compagnie des deux générations précédentes, beau-père, belle-mère et les parents de celle-ci, le grand-père Jacques, la grand-mère impotente dans le fauteuil de sa fille morte. Le mariage a duré moins d'un an. Un jour, l'époux a remonté la pente du village, jusqu'à la route, suivi de sa vache, celle qu'il avait amenée avec lui une dizaine de mois auparavant.

Après lui vint Alex, dont Christine eut une petite fille, dernier rejeton de chez Maranne Jacques. C'est une enfant calme, silencieuse, très pâle. Le vin rouge a agrémenté ses biberons, et à cinq ans elle aime boire son petit verre de crème de cassis. Son père, lui aussi, a disparu très vite, comme si dans la maison les gendres ne pouvaient pas tenir. Raymond est encore là, il est vrai, mais tellement maigre sous sa casquette qu'il semble se réduire à presque rien. Il forme avec Josiane, lorsqu'ils traversent le village à bord de leur tracteur, un couple spectaculaire, lui efficace et sec aux commandes, elle, sur le siège passager, souveraine et débordante sous le soleil. Le bruit du moteur les emporte dans un fracas d'épopée.

Comme son beau-père Raymond, comme bien d'autres aux environs, Alex était le possesseur d'une dent unique, la dernière, obstinée dans la cave noire de la mâchoire. On ne voyait plus que cela, ce noir où s'agitaient des choses indistinctes, lorsque les lèvres s'écartaient pour boire, pour parler. Cette curieuse tradition de la dent unique aurait pu passer, à l'instar du monocle, pour une mode, une forme de dandysme ; l'expression d'une esthétique plutôt que d'une nécessité. Car une dent seule est-elle beaucoup plus que rien ? Pourtant, la plupart des villageois ne se résolvent pas à la faire arracher pour la remplacer par un beau râtelier neuf.

On aurait pu voir aussi dans la persistance de la dent unique au fond d'un palais noir une métaphore des solitaires du pays au fond de leurs maisons. Ou encore, une image du sanglier, que l'on va chercher au plus impénétrable de la forêt. Il y a des peuplades où les chasseurs s'ornent des signes distinctifs de la bête sacrifiée. Semblable à celle du fils légendaire de Mélusine, la dent d'Alex, visible en permanence, débordait largement sur la lèvre inférieure. Ce croc entaillait la symétrie du corps. C'était comme le reste incongru d'une époque archaïque, une trace d'ancêtres fabuleux nantis d'un seul œil, d'une oreille, d'un bras, sautillant sur leur jambe unique.

Chez Alex, la monstruosité archaïque s'était réduite à cet accessoire comique, cette dent solitaire toujours visible, objet d'incessantes moqueries dès qu'il avait tourné le dos. Il le savait, mais lui aussi, comme tous ceux qui habitaient la maison obscure de chez Maranne, souriait à tout, sans que ce sourire, chez lui qui n'y vivait encore que de fraîche date, ait pris la nuance un peu inquiétante de celui des autres.

Un soir, Alex n'est pas rentré chez Maranne. Il travaillait dans une grange, à quelques kilomètres, et un pan de sa veste a été happé par la prise de force du tracteur, une pièce de métal qui tourne très rapidement et entraîne tout ce qui passe à sa portée. On néglige souvent de réparer la protection qui doit en principe l'isoler mais se casse facilement. À la nuit, inquiètes, Josiane et Christine sont allées voir. Elles ont emmené sa petite fille. Elle n'avait encore que trois ans. Alex n'avait pas dû réussir à se débarrasser de sa veste, qui l'avait traîné vers le tourbillon métallique. Ensuite, il vaut mieux ne pas imaginer comment les choses se passent. Dans la grange, sous les yeux de sa femme, de sa belle-mère et de sa fille, le corps d'Alex était déchiré.

Les machines modernes travaillent à ce retour vers les êtres antédiluviens, diminuant celui-ci de son œil, cet autre de sa main ou de son pied. Les timons écrasent les doigts, font éclater les os. Les tronçonneuses coupent les membres. Les botteleuses arrachent la peau. Les fusils font sauter les têtes. Les voitures bondissent au fond des ravins. La chair épouse le fer. Des corps tentent de s'extraire des masses de ferraille compressée. Une fois, après l'accident arrivé à l'un des fermiers du village, cette étrange configuration : l'œil, éjecté par le choc hors de son orbite, pend au bout du nerf optique et l'accidenté voit l'intérieur de la voiture comme s'il était à la fois à sa place et à côté de lui-même.

Les campagnes se peuplent d'estropiés et de blessés comme après les grandes guerres. Les bêtes participent, les taureaux ouvrent les ventres, piétinent des entrailles humaines. Les vaches enfoncent les articulations d'un coup de sabot, laissent des pieds étrangement déformés, des doigts qui se ferment selon des angles inédits. Les choses apportent leur contribution, les arbres qui tombent brisent les cages thoraciques. Une bassine d'eau bouillante accueille le tout petit qui trottait maladroitement et trébuche. Il ne survit à la perte de sa peau que quelques heures d'incompréhensible souffrance.

La solitude travaille de son côté, accroche à une corde les abandonnés qui n'en peuvent plus. Un jour, on en a trouvé un pendu, dans la ferme perdue, en face, sur la montagne déserte mangée de genévriers.

Il est arrivé que, trop haut perché sur le côté d'un tracteur entrant trop vite dans la grange, un paysan heurte du crâne le linteau de basalte. Porté un peu plus bas, le coup aurait pu l'assommer ou le tuer. Un peu plus haut, la casquette seule aurait volé. Mais la pierre était passée au ras de la tête, le scalpant net. Ses cheveux ne tenaient plus au crâne mis à nu que par une bande de peau à l'arrière. Ils lui pendaient sur la nuque comme une capuche. Le sang roulait. Comme on lui faisait remarquer la nature exacte du problème, il se contenta de se recoiffer, d'un geste simple. Il fallut tout de même aller à l'hôpital, le panache ne suffit pas.

*

Entre le vieux Vidalenc, à qui François rend de temps à autres des services. Il nous empoigne la paume dans ses mains noires.

On trouve encore, dans les montagnes, sans avoir à trop chercher, des fermes tout entières dédiées aux choses telles qu'elles se défont, ultimes chapelles où se célèbre, dans une royale simplicité, le culte des dieux fangeux. Pourquoi y pénètre-t-on avec une telle jubilation dans l'effroi? Pas seulement, sans doute, par le seul goût du pittoresque. Lorsque la saleté touche au grandiose, quelque chose en nous s'éveille, qui en cherche la chaleur. On traverse la cour détrempée de purin. Des poules cherchent dans les flaques. Des chiens au poil gluant vous assaillent d'une ardeur naïve.

Une récente fin d'été, nous ramassions des ballots de paille avec François, pour les Vidalenc. Les deux vieux ne renonçaient pas à leurs quelques vaches. C'étaient les tout derniers jours du mois d'août, simples et déserts. La lumière tranquille suspendait le temps. François, torse nu, la cigarette au coin des lèvres, dirigeait son tracteur préhistorique, rouge sous le ciel bleu. Des montagnes ouvraient sur des montagnes, si translucides, les dernières, qu'elles se confondaient avec le ciel. Le monde semblait finir paisiblement. Les bottes étaient très sèches, pesaient à peine. François et moi, nous les balancions dans la grange, avec facilité, elles volaient, s'abattaient à leur place en soulevant de gros nuages de poussière noire. Ils stagnaient, nous enveloppaient et nous déguisaient doucement en ombres. La vie s'était débarrassée de toute lourdeur.

À la pause de midi, le vieux avait tenu à nous apporter un peu de vin et de charcuterie, qu'il avait partagé avec nous. Il coupait des grosses tranches de jambon cru, et les saisissait à pleines mains pour les porter à sa bouche. La chaleur faisait fondre le gras du jambon qui coulait entre ses doigts, emportant la crasse, formant des rigoles brunes qui se perdaient dans ses manches.

En fin d'après-midi, on dut se soumettre à l'obligation d'un nouveau casse-croûte. La maison Vidalenc était encombrée de personnages étranges, aux liens familiaux compliqués, aux visages excessifs. Ils parlaient fort, sans qu'on pût toujours comprendre les mots bizarrement découpés, triturés dans la bouche. Le vieux avait tenu à dévisser lui-même d'antiques canettes de bière. Du fumier collait à ses doigts. Il fallut boire plusieurs bouteilles. Une femme épaisse, en hardes sales, vêtue d'une jupe trop courte qui lui découvrait haut les jambes, s'affairait dans un cellier noir. C'était, dans les fonds contournés de l'intérieur, la même nuit domestique, bien connue. Le soir prématuré des maisons qui s'enfoncent en elles-mêmes et ne laissent que le moins possible d'ouvertures au froid polaire de l'hiver. La suie et la sueur, le purin et la poussière comme une tunique protectrice.

Étrangement, de cette nuit contenue dans les murs, jamais épuisée, jamais pénétrée jusqu'au bout, par personne, celui qui se promène au hasard des routes de montagne voit parfois sortir un visage de jeune fille, radieux, perdu dans l'instant: le virage est au coin du mur, et des horizons différents, déjà. On croit n'avoir rien vu, de même qu'on doute de ces faces difformes levées derrière un mur, un arbre, aspirées par la route. Je ne sais plus très bien ce que j'ai vu et n'ai pas vu, ce qui fut accompli et ce qui fut rêvé.

Une autre fois, et avec d'autres convives à remercier d'un identique coup de main, les Vidalenc firent montre de plus de superbe encore. À l'entrée de la compagnie, le père Vidalenc plumait des pigeons fraîchement égorgés sur la table de la cuisine. Dans un geste de généreuse hospitalité, il s'empressa de balayer le carnage, afin qu'on pût disposer rapidement verres et bouteilles. Il employa pour cela la manche de sa veste. Les plumes s'égaillèrent. Une partie du sang s'étala sur la table, se fondit dans le bois pénétré d'antiques rebuts. Le reste englua la manche de toile bleue du père Vidalenc, où vinrent se coller des plumes errantes.

Dans l'évier, il y avait une cuvette remplie d'eau noire, où nageait une serpillière. La vieille en sortit quelques verres et passa par acquis de conscience la serpillière sur la table. Vidalenc clopina dans des fonds, revint en serrant des poings les cols de deux bouteilles de mousseux. Avec son crâne nu sous la casquette, son nez en bec de busard, sa peau rougeâtre parcourue de traînées noires et sa manche où pendait une poignée de plumes, il avait l'air d'un très vieil ange, cuit dans des fournaises et des beuveries, jusqu'à en perdre la mémoire du ciel.

Des Vidalenc, il y en a un peu partout. Le hameau de Vens paraît tout proche, lorsqu'on s'avance à la lisière de la forêt, au dos du village, et qu'on l'aperçoit, de l'autre côté des gorges. On entend ses coqs et ses chiens. Mais il faut faire le tour de la montagne pour l'atteindre, une bonne demi-heure de voiture. À Vens, il n'y a que deux maisons habitées, tout au bout d'une petite route, à la pointe d'une très étroite langue de terre enserrée par deux ravins abrupts. La route s'arrête entre deux poules et un abreuvoir, puis c'est un chemin pierreux qui plonge tout de suite vers des fonds obscurs. On coupe le moteur de la voiture, le vieux qui habite une des deux maisons sort et vous considère d'un peu loin. Il porte encore la large ceinture d'étoffe des paysans du début du siècle, qui monte jusqu'à la poitrine. Il arbore le mégot de gitane maïs sous la casquette ruinée de rigueur. On le croirait tout juste maquillé pour la photographie typique. Mais il ne se doute pas, dans sa petite fin du monde, qu'il fait partie des disparus, des derniers pittoresques.

Il finit toujours par me reconnaître, je passe tous les quatre ans. Nous parlons invariablement de mon père, dont il était l'ami, de la nuit que j'ai passée dans la paille de sa grange. On ne peut pas refuser de boire un coup. Chez lui, comme d'habitude, ça sent le lait suri et les étoffes moisies. La moitié de la grande pièce est envahie par un amas de linge sale, de vieux torchons, de haillons impossibles à identifier. Le tas devient plus monstrueux avec les années. La dernière fois, il en émergeait, au-dessus de toutes sortes d'épaves de métal et de bois, vieilles cafetières et boîtes à gâteaux s'enfonçant dans la vague d'étoffes souillées, une énorme hure de cerf aux yeux vitreux, dont les ramures atteignaient presque le plafond.

La vieille, comme d'habitude, sert le rouge en litre étoilé. On cause. Derrière nous, la tête du cerf continue à lutter immobile dans le déferlement de guenilles.

L'invasion des cuisines par des entassements de loques semblables à celui de Vens n'est pas un phénomène si rare, on retrouve le même dans plusieurs fermes. On dirait que le monceau et le chiffon constituent des fatalités domestiques locales, presque des modes de vie. Que le temps accumule lui-même de vieilles culottes froissées. Tout ce qu'on néglige mais dont on ne se séparerait jamais, tout ce dont la conscience se détourne mais qui poursuit cependant sa vie larvaire, linge sale et torchons déchirés, vieux outils, édifie lentement le monument nauséabond de l'abandon.

François, un soir, se rend dans l'une de ces fermes pour visiter un mort. La famille du défunt finit de traire à l'étable. Il demande à le voir, comme on fait toujours. Certains paysans ont gardé l'habitude de coucher dans la grande pièce qui sert de cuisine, de salon, de salle à manger, ou dans les alcôves attenantes. On lui indique donc que le mort se trouve dans la salle, sur son lit; qu'il y aille, on ne tardera pas à l'y rejoindre. Il entre. C'est l'habituel capharnaüm, dans le peu de jour que laissent passer les fenêtres étroites. Pas de mort visible. Il a beau inspecter la salle du regard, tout en gardant la discrétion qui sied à l'étranger, rien. Mais comment sortir et avouer qu'on n'a pas vu ce qui aurait dû être évident? Il faut bien s'y résoudre, pourtant. François retourne à l'étable. Les parents l'accompagnent dans la maison pour lui montrer le cadavre invisible. Il était enfoui dans le tas de chiffons.

La variété des boissons et des récipients contribue à la légende des maisons sales. Car il faut bien y boire, toute visite exige son canon de rouge, à la rigueur son café. Inutile de biaiser, le verre de sirop peut comporter plus de risques que le vin. On espère vaguement que l'alcool désinfectera un peu. Il y a ceux qui font passer le café dans de vieux bas. Ceux qui le réchauffent dans une boîte de petits pois posée à même le feu. Dans une ferme, l'étrangeté du service atteignit un jour des beautés fabuleuses. Il devait s'agir de verres protocolaires, que l'on sort rarement, réservés peut-être à des invités de marque. Des araignées confiantes les avaient emmaillotés. Le vin fut versé sans autre précaution, et le filet de pinard creva la toile poussiéreuse.

Ailleurs, une vieille se plaignait souvent que le crâne lui grattait, elle parlait d'irritation. Quelqu'un la décida à ôter le fichu sale qui lui entourait la tête et dont elle ne s'était sans doute jamais séparée. Le pus accumulé dessous lui coula le long du front.

La même laissait proliférer ses chiens. Elle ne s'en occupait guère. Les chiots grouillaient dans toute la maison. Un jour, on la retrouva morte dans son lit. Entre les draps, on trouva aussi des cadavres de chiens. Elle avait pris l'habitude de les laisser là se putréfier. Elle dormait parmi des charognes.

*

Entre Lucas, qui tient notre ferme. Il a succédé à son père il y a dix ans. Nous l'avons vu naître; ses parents, Antoine et Adrienne, nous ont connus tout enfants, ils ont pris le bail vers la naissance de mon frère. Ils font partie de la famille. Il n'y a qu'une maison séparée en deux, avec la partie des propriétaires et celle des fermiers. Entre les deux portes, distantes de cinq mètres, un trafic régulier de tartes aux myrtilles, lapins, pommes de terre, salades, bouteilles. Des apéritifs et des bricolages, des épopées de belote avec leurs tricheries légendaires.

Antoine, tous les soirs, remonte en s'aidant de sa canne les seaux pleins de lait dans le raidillon qui sépare l'étable du réservoir. Il a soixante-quinze ans. Depuis son opération de la hanche, il boite, et sa part de travail s'est réduite. Lui qui fut le chef de famille, le patron de l'exploitation, n'est plus guère qu'un auxiliaire houspillé par Adrienne. Il affecte de s'en moquer, tire-au-flanc autant que possible, hume l'air, surveille le passant, l'œil mi-clos sous sa casquette, attendant l'occasion d'un lazzi, d'une gaillardise, d'un verre. Toujours l'oreille ou le regard de biais, aux aguets, comme lorsqu'il jouait encore à la belote et parvenait à ne rien ignorer du jeu de l'adversaire. «J'ai l'œil américain», disait-il.

Adrienne n'arrête jamais. Toute la journée on la voit aller et venir avec ses chiens, couper l'herbe des lapins qu'elle transporte dans sa carriole, conduire les vaches dans les prés, les ramener, préparer les repas. Elle remonte du jardin avec des fleurs, des fruits, des légumes, des œufs qu'elle dépose chez nous quand nous n'y sommes pas et que nous trouvons sur la table en rentrant. Son énergie ne connaît pas de limites. Les jambes lui font mal, son pouce autrefois enfoncé par un coup de sabot dessine un angle bizarre avec sa main, mais la silhouette fine d'Adrienne, toujours derrière ses vaches, par vent glacé, par pluie battante, incarne le travail acharné, le travail comme foi. Lorsqu'elle n'y sera plus, les routes et les chemins n'auront plus le même sens.

Peu de jours, l'été, sans que son beau visage bistre, anguleux, les cheveux crépus rangés sous le fichu, ne s'encadre dans la porte : elle vient voir ce qui se passe à côté, parler du temps, des bêtes et de la santé, ne s'assiéra pas, ne veut rien boire, et puis, tout de même, une tasse de café.

Le tourment d'Adrienne, c'est sa fille, Martine, mariée à un fermier des environs. Elle regrette de ne plus la voir, elle ne comprend pas. Pourquoi, alors qu'elle habite à quelques kilomètres, ne vient-elle pas, des mois durant, rendre visite à ses parents et à son frère ? Elle ne téléphone guère plus. Cette occultation tient du mystère. On ne l'évoque que sur le ton confidentiel qui convient aux choses inexplicables.

Mon frère et moi gardions souvent les vaches avec Martine lorsque nous étions gamins et que les barbelés n'existaient pas encore. Elle manipulait à distance deux petits bâtards intelligents et rapides. Comme des robots télécommandés, ils répondaient au quart de seconde aux impulsions qu'elle émettait en patois, faisaient manœuvrer douze tonnes de vaches irascibles et rétives parmi pierres, murs et haies d'épines. Lorsqu'elle était fatiguée de nos taquineries incessantes, ou pour venger Lucas, son petit frère de trois ans, que le mien était allé perdre dans la forêt pour le pur plaisir de la cruauté, elle lançait ces automates poilus à nos trousses. On se découvrait en détalant une surnaturelle vélocité.

Martine avait toutes les qualités : intelligente, travailleuse comme sa mère, comme elle excellente cuisinière, tricoteuse de compétition. Ses talents artistiques ne se limitaient pas au crochet et au canevas : lorsque nous arrivions pour les vacances, nous attendait, dans le même vieux vase en grès, un grand bouquet de fleurs des champs, composé sans afféterie, avec un goût impeccable.

Jolie, aussi : cheveux crépus coupés court, prunelle noire, mince visage basané aux pommettes marquées. Une beauté tadjike ou kurde. Est arrivé un grand gaillard peu causant, à cartouchière et ceinturon. Même ici, ses manières paraissaient frustes, son langage difficile. Il l'a vite épousée et emmenée dans son fief. De ce jour — il y a bientôt trente ans — ce fut terminé. Martine n'est presque plus sortie de chez elle.

Une tour de guet médiévale, d'une architecture austère, carrée, entassement de lourds moellons, domine une bonne partie du pays, isolée entre gorges et plateaux, dans un lieu particulièrement sauvage, à un ou deux kilomètres de la maison de Joseph. En y allant, on passera juste au pied de la tour. On la voit de loin. Lorsqu'on circule et qu'on aperçoit sa silhouette peu avenante, sur sa butte herbue, au milieu d'un chaos de montagnes, on songe immanquablement à Martine, qui vit là.

La ferme de son mari est en contrebas du donjon. Lorsque Martine y est arrivée, ses beaux-parents y habitaient encore et n'entendaient rien changer de leurs habitudes ni de la disposition de leur maison. Ce fut donc, durant des années, le classique entassement de guenilles sales remplissant la moitié de la grande salle, l'odeur de lait suri stagnant entre les murs noirs, la table encombrée de journaux, verres, chaussettes à repriser, cartouches, plumes de poules, chiffons, bouteilles. La fée du logis prisonnière des nécromanciens. Elle nous recevait là lorsque nous passions la voir, toujours semblable à elle-même. Depuis la mort de ses beaux-parents, la maison a été rangée et nettoyée, mais Martine reste confinée au pied de sa tour.

Le temps d'en parler, encore une fois, de s'interroger encore une fois sur les raisons qui l'ont poussée à s'ensauvager ainsi, on appelle, c'est Antoine ou c'est Lucas, l'heure d'aller chercher les bêtes, Adrienne retourne travailler. Elle parle depuis longtemps de se retirer dans la petite maison que lui ont laissée ses parents, dans le bas du village. Mais comment s'arrêter, comment laisser Lucas se débrouiller seul ? Il lui faudrait une femme. Qui voudrait d'autant de travail, dans un tel isolement ?

*

Entre Jeanne, qui habite la ferme voisine. Auguste, son mari, est mort quelques semaines avant Lucie. Il était le chef du clan ennemi des Maranne Jacques, les Maranne Auguste, chaque clan étant désigné par le nom des deux patriarches, frères dont l'obscure querelle durait depuis des lustres. C'était un très vieux petit homme sous un béret, tout cassé et tout sec, conservé dans les bocaux de ses grosses lunettes. On avait pris l'habitude de le voir passer lentement, difficile articulation d'ossements, tentant d'atteindre encore on ne sait quelle besogne qui devait lui sembler indispensable. La ligne brisée de son corps, sur la peau de lézard des murs, formait une cicatrice noire, légèrement mouvante. On se demande comment, par quelle chirurgie elle a pu disparaître.

Sur son lit d'agonie, raconte Jeanne, il n'a pas murmuré de paroles d'apaisement ou de sagesse, pas évoqué un surcroît de lumière, pas formulé «la farce est jouée», pas geint non plus. Avec plus de simplicité, peut-être d'ironie, il a chanté : «Tout va très bien, Madame la Marquise».

Cette vieille dame affable, rieuse et brusque, avec son fichu, sa blouse grise à fleurs et ses bottes, possède une réputation sulfureuse. On parle souvent d'elle sur le ton de l'allusion, avec un sourire entendu. Même chez elle, et devant Auguste, j'ai entendu glisser les mêmes plaisanteries rituelles, à peine cryptées. Elle les a reçues avec bonne humeur. Auguste était assis dans son fauteuil, tout près. J'ignore s'il était sourd, s'il faisait le sourd, s'il était résigné ou s'il s'en foutait. J'ignore tout autant ce que recouvre au juste cette renommée d'Aspasie villageoise, car Jeanne, en dépit d'une apparence de bonne grand-mère mal accordée aux rêveries érotiques, est aussi notoire pour sa facilité que pour ses charmes secrets, ou plutôt était, car depuis la mort d'Auguste les plaisanteries ont cessé.

Les amours de Jeanne ont suscité au clan des Maranne Auguste un nouvel adversaire, les Vazeille, dont elle a jadis séduit le chef, Henri. On se demande comment se sont déroulées leurs amours, qui ont duré, paraît-il. Dans une communauté humaine qui se compose d'une dizaine de foyers, serrés sur un très petit espace, à quarante minutes de route de la première ville, et où tout le monde se croise tous les jours, comment garder secret un adultère? Tout le monde habite ensemble, travaille ensemble, chasse ensemble, de l'aube à la nuit. Il y a les enfants, les vieux, les chiens; les visites impromptues, les regards qui traînent, les jumelles. Le facteur, le vétérinaire, l'inséminateur effectuent leur tournée. Tous les deux jours la camionnette du boulanger, autour de laquelle on se retrouve le matin, les femmes surtout. Pas un moment, pas un lieu de liberté, aucun interstice par où échapper un instant à la communauté, ou presque. Pas d'après-midi oisif, d'hôtel discret, d'ami complaisant. Impossible de tromper son conjoint, sauf à encourir une notoriété et une réprobation immédiates. L'épouse et la maîtresse, l'amant et le mari trompé se croisent plusieurs fois par jour.

Jeanne et Henri, les amants réprouvés avaient eu, l'une une fille, l'autre un garçon. Vingt ans après, ces deux-là étaient tombés amoureux l'un de l'autre. Ils avaient trouvé le seul être qui n'aurait pas dû leur plaire, l'unique impossibilité radicale. Il est vrai que le village n'offrait pas un choix immense. Les deux clans s'étaient opposés à leur liaison. Rien à faire. Les parents ont fini par céder, ils se sont épousés, et la jeune épouse est allée vivre chez ses beaux-parents. L'épouse bafouée a accueilli chez elle la fille de son ex-rivale.

Roméo et Juliette sont encore là, ils ont cinquante ans. Juliette a des mains puissantes, un corps carré, un visage de catcheur, une permanente et une blouse à fleurs. Elle tente de garder dans ses jupes un moutard livide, fertile en obscénités, qui sera sans doute un jour le dernier agriculteur de ce pays. Lorsqu'on réussit à l'emmener en promenade dans les bois, l'été, on entend résonner dans les profondeurs la voix maternelle de Juliette lancée à la poursuite du fruit de ses entrailles, armée d'un chandail, afin que l'enfant de l'amour n'aille pas lui attraper froid.

Roméo porte un bonnet et arbore le plus beau dentier du pays. L'appareillage, éclatant, spectaculaire, se voit de très loin. Tous les jours Roméo arrête son vieux 4x4 rouge au milieu du village, sort la tête, le bonnet et les dents, avec lesquelles il parvient à composer un sourire. Suit un rire d'intensité basse, mais constante. On ne se dit rien. Ça dure un peu. Roméo a toujours son petit rire. Des poules passent.

Il a tout récemment échappé à la mort, le torse coincé entre un arbre effondré et sa tronçonneuse. Le moteur, sous son épaule, tournait encore. Cinq heures au fond d'un bois, invisible, introuvable, sous la pluie glacée, le sternum en morceaux. Lorsque les villageois qui le cherchaient ont fini par le découvrir et l'ont libéré de l'arbre qui l'enfonçait progressivement dans la chaîne dentée et dans la boue, il s'est relevé, a repris ses esprits, et puis il est allé tout de suite redémarrer son tracteur. Les pompiers sont arrivés, ont demandé où était l'homme en morceaux. Là-bas, au volant.

*

Entre Levert, qui tient depuis quelques années le café-restaurant de la commune, cinq kilomètres plus bas. Il a succédé à des générations d'aubergistes arrivés en avril, partis en février. Une fois passé l'été, qui amène ses sept ou huit touristes au camping, il faut supporter le long tunnel hivernal, les semaines de tourmente ininterrompue, les journées désertes, ou les après-midi avec les mêmes poivrots enkystés dans le zinc du comptoir, conduisant à grands coups de Ricard les mêmes récits empâtés, dès le lendemain repris, modifiés, inachevés encore, et ainsi de lendemain en lendemain. La plupart des installations permanentes d'étrangers ont échoué, dans le pays. Dans les grandes années du retour à la terre, un couple avait bien tenté de s'installer pour élever des chèvres. Ils n'ont pas fini l'hiver.

Levert tient le coup, lui, seul avec son fils handicapé. En saison, il allume le four banal, il y cuit ses tripes ou ses pieds de cochon. Il se glisse doucement dans la liste des bistrots légendaires, où l'on ripaille interminablement pour trois sous. On compose le menu à l'avance, on en discute, tout dépend de la saison, du marché, de la chasse, du congélateur. Le lendemain, on se gare sous les marronniers, entre le monument aux morts et l'église. Il n'y a personne. La vierge noire attend le prochain pèlerinage. On descend le long du lavoir. De l'autre côté de la route, les pentes dégringolent, la forêt se déploie. On traverse la salle de bar où circulent les tournées de pastis. Des visages allumés se tournent vers les nouveaux venus. On serre quelques mains, on passe dans la salle de restaurant, on s'assoit, et ça commence, les crudités et le jambon servent d'amuse-gueule. On passe aux choses sérieuses avec la terrine de sanglier que Levert dépose sur la table. Il en cuit régulièrement des kilos. On s'en sert de vastes tranches, on y revient, on renonce à se raisonner. Après quoi, le principal, du roboratif, côte de veau aux trompettes de la mort, bœuf aux morilles, coq au vin, lapin. Ce sont des bêtes que l'on a parfois bien connues, qu'on appelait par leur petit nom. Ou bien on connaît l'ex-propriétaire du lapin ou du veau, il est au bar, on le félicite. Le plat de truffade qui accompagne, il est rare qu'on puisse en venir à bout. Chacun fait son devoir. Les fromages circulent, le clafoutis, l'alcool. Levert a l'air content.

Il donne la version moderne de ces bistrots d'antan, tenus par des dames austères. On arrivait à l'improviste. Du fond de la salle noire, elles vous regardaient d'un air farouche. On en trouvait un parfait exemplaire dans un gros village, à dix-sept kilomètres, dans la vallée. Sur la place de l'église, une devanture de bois peint, des vitrines agrémentées de rideaux au crochet et de plantes vertes : le bar-hôtel-restaurant de Marie Croze. Il a dû rester en activité jusqu'à la mort de la patronne, au début des années quatre-vingt-dix.

L'hôtel n'accueillait guère de voyageurs. Il logeait plutôt, plusieurs mois de l'année, en meublé, les bergers et les valets de ferme. Marie Croze faisait à manger le midi pour les ouvriers de la minoterie, les maçons et les cantonniers. Guère plus d'une table ou deux de travailleurs silencieux, s'appliquant à grands coups de fourchettes à leur ouvrage. On entrait dans la grande salle au parquet clair, impeccablement récuré. De l'ombre, de la fraîcheur. Une atmosphère recueillie. L'horloge recomptait les mouches. Deux ou trois visages se levaient un instant au dessus l'assiette, se retournaient, par acquit de conscience, vers les nouveaux venus, sans leur accorder sourire ni salut, pour se pencher à nouveau très vite sur la besogne. Le pain faisait peu de bruit, qui épongeait les sauces. Quelques tables de bois, anciennes, couvertes de toile cirée vichy, des cendriers Cinzano. Au fond, le bar, au coin duquel un étroit passage donnait sur la cuisine. Là, sans hâte, la patronne faisait son apparition.

Marie Croze était une petite femme trapue à l'allure sévère. Pâle, les yeux clairs, les cheveux blancs, toujours dans la même blouse noire. Elle avait dû être assez belle. Elle ne souriait jamais au client, le considérait d'abord de loin, sans indulgence apparente, comme un supérieur de Chartreux accueillerait le candidat à la retraite. Un temps se passait avant qu'elle parle, ou réponde à la demande, comme si la présence de l'impétrant avait quelque chose d'incongru. Déjeuner ? Il était bien tard. Enfin, on pouvait encore. Pas grand-chose d'extraordinaire, il fallait le savoir. Ça irait quand même ? Qu'on s'installe là-bas, dans le coin, par exemple.

Presque aussitôt, la table se chargeait d'un pichet d'eau, d'un panier de pain, d'un litre de vin à capsule plastique, dont on pouvait, cela allait sans dire, redemander à volonté, et d'un plat de crudités diverses, carottes râpées, chou rouge, œuf dur, tomates. On avait à peine eu le temps de s'en apercevoir. Une petite servante basanée, tout habillée de noir, trapue, sans âge déterminable, à peu près muette, avait glissé le tout avec promptitude, sans plus sourire que la patronne, qui la surveillait du fond de la salle, l'œil grave. Pas de choix, pas d'ordre à donner, le repas tenait dans son déroulement des agapes merveilleuses des légendes médiévales.

La suite se déroulait inexorablement. Entraient en scène, dans l'ordre, le plat de charcuterie (jambon, saucissons divers), le plat de poisson, le rôti de veau accompagné de sa purée, la salade, un bout de fromage, une corbeille de fruits. Dans le mouvement, on se laissait parfois aller à reprendre un litre étoilé.

À une époque, on avait pu apercevoir fugitivement, du côté de l'entrée de la cuisine, la silhouette d'un vieillard en casquette et bleu de travail, à qui la patronne adressait un ordre bref. La silhouette disparaissait. On comprenait qu'il s'agissait de M. Croze. Un simple comparse, dont l'effacement, plus tard, ne sembla pas avoir une importance excessive. À peine si on le remarqua.

Le repas achevé, Marie Croze pouvait se laisser aller un peu. Le client inhabituel avait désiré manger, il avait mangé, sans trop laisser. Cette fois encore, les choses s'étaient bien déroulées. La tension retombait. Marie avouait qu'elle avait bien reconnu les clients, qu'elle connaissait leur nom, le village d'où ils étaient descendus (son attitude au début du repas semblait indiquer qu'elle ne les remettait pas du tout). Son visage donnait des signes discrets de satisfaction. Elle proposait d'offrir le café. Le café bu, la maison offrait encore le digestif. La servante même trouvait un sourire bref au fond de ses traits d'habitude hermétiques. On laissait les trente francs rituels du repas (vers la fin, cela avait monté jusqu'à trente-cinq francs). Enfin, Marie, presque radieuse, raccompagnait le client jusqu'au milieu de la salle, au moins. On les laissait, patronne grave et servante soumise. Marie, comme elle l'avait confié entre le café et le digestif, faisait à manger pour s'occuper. Pour voir du monde.

Le bourg, dans les années soixante-dix à quatre-vingt, abondait d'échoppes minuscules. Il y avait, à une dizaine de mètres de chez Marie Croze, cette épicerie que rien ne distinguait d'une maison ordinaire, avec sa petite fenêtre ornée d'un rideau tricoté. On poussait la porte, une cloche tintait, il fallait descendre trois marches, pour se trouver dans une sorte de placard où réussissaient à se loger un comptoir, quatre étagères chargées de boîtes de sardines et de haricots, une vitrine pleine de fromages solitaires. Une tenture de capsules en plastique s'écartait, et la marchande faisait son entrée, ratatinée et bossue comme une vieille fée. Elle en avait aussi la voix cassée, l'œil malin, et vous délestait de vos sous comme par magie, sans cesser un instant de bavarder.

Un peu plus loin, seule une enseigne de fer toute rouillée, à peu près illisible, signalait un commerce. Là, il fallait monter un perron pour entrer dans une salle noire. De l'autre côté d'un immense comptoir en bois, deux sœurs antiques et minuscules négociaient à mi-voix des miches de pain aussi grosses qu'elles. C'étaient des objet pesants, denses, à la croûte brune, qui tenaient du rocher granitique et de la coquille de mollusque géant. Juste derrière le comptoir béait une ouverture donnant sur une cave profonde dont on n'apercevait qu'une partie : un four de pierre, un très grand feu dans beaucoup d'ombre. Une image convenue des enfers. Devant la flamme se démenait, en calot blanc et maillot de corps blanc, un boulanger tout rabougri et tout décharné, le poil blanc empoussiéré de farine blanche. Le mari de l'une des deux sœurs.

C'étaient des morts, des morts timides et chuchotants, venus d'un autre temps, maintenus dans le nôtre par aberration, ou par magie. Le savaient-ils ? Ils paraissaient toujours s'excuser de quelque chose, de vendre ce pain préhistorique, d'être encore là.

Un peu partout, dans des coins, des impasses, des venelles étroites, un petit peuple de boutiquiers fantômes fournissait confidentiellement saucissons et raisin à une population non moins fantomatique.

Elle n'a guère augmenté, et seul l'été apporte un peu d'animation. On peut arpenter le bourg, qui garde attentivement son ombre entre ses murs épais, passer sur ses ponts de pierre, au pied de ses grosses tours médiévales, en croisant un chat et deux vieux. Dans les rues noires, les portes basses, hermétiques, les carreaux salis des tourelles donnent sur des intérieurs hypothétiques. On ne peut imaginer là qu'un ancêtre momifié, oublié dans son fauteuil, parmi des meubles tombant en poussière. Les mascarons grimaçant aux coins des maisons, les gargouilles basses de l'église qui ouvrent leur gueule sur le cimetière envahi d'herbes ne voient passer personne. Ou toujours la même vieille, depuis la nuit des temps tâchant de gagner encore quarante centimètres sur les pavés inégaux. Ce calme n'est troublé que par l'orage régulier des énormes camions de la minoterie, qui tiennent toute la rue principale, ne laissant qu'un passage de sept ou huit centimètres de chaque côté, entre murs et remorque.

En quittant le bourg, dans le bout de vallée qui le sépare de la route nationale, on croise fréquemment une sorte d'apparition, en sentinelle, comme un rappel d'autres temps, assise sur le tablier d'un pont de pierre. On passe toujours trop vite pour bien voir : c'est une vieille couverte de haillons, un sourire fixé sur la face, tenant le timon d'une carriole remplie d'autres guenilles. Que fait-elle, toujours à cet endroit précis ? Où habite-t-elle ? On la dit riche, elle cacherait un trésor, comme bien d'autres miséreux, dans les campagnes, confits dans la crasse, sont réputés garder des sommes énormes dans leurs matelas pourris. Cette fortune hypothétique ajoute au caractère hallucinatoire de la vieille du pont. Comme les boulangers spectraux, comme le mari de Marie Croze et Marie Croze elle-même, est-elle beaucoup plus qu'une vision ? Elle charrie, enfouies dans sa carriole, cachées dans ses nippes, les vastes ressources en irréalité de ce pays pourtant si concret, si matériel en apparence. Et je pensais, en découpant les énormes tourtes de pain, craquantes et noires, que les petits vieux ne les faisaient peut-être si denses que pour tenter de rester, si peu que ce fût, dans ce monde.

*

Et Jeanne, et Levert, et Vidalenc serrent les mains, embrassent, montent l'escalier, se recueillent, redescendent, restent un moment sans rien dire, et puis repartent. Un peu de froid se glisse à chaque sortie.

On songe aussi à tous ceux qui ne pourront pas venir, on les évoque, on imagine ce qu'ils auraient dit, ce qu'ils auraient pensé. Ritou, qui est mort l'an dernier. Toute sa vie il est resté célibataire, comme beaucoup de ceux dont les vieilles maisons achèvent de se ruiner dans le village. La sienne fait face à la nôtre, mais je le connaissais à peine. Je ne peux pas ne pas l'évoquer, tout en sachant bien que de Ritou, il y a très peu à dire. Pourtant, lorsqu'au village quelqu'un parle de lui, c'est toujours comme d'un sujet inépuisable. On en rit, on s'attendrit un peu. Aussi Ritou a-t-il toujours incarné pour moi la banalité du légendaire.

Bien sûr, je ne sais rien. Mais si je savais? L'importance de Ritou me paraîtrait-elle plus justifiée? Il y a, comme pour tout le monde ici, des histoires de beuveries aux épisodes héroïques, des idées bizarres, des foucades. Dans ce pays intégralement légitimiste et chiraquien, il avait introduit le saugrenu politique. On lui devait une vieille affiche solitaire à l'effigie de Georges Marchais, qui s'effilochait sous les assauts répétés de la pluie et de la pisse de vache. Sans doute son séjour de plusieurs années dans l'Allier l'avait-il converti aux joies de la dictature du prolétariat. Grâce à lui, le visage du secrétaire général appartenait au décor, s'enfonçait dans la pierre, aussi archaïque que les lauzes des toits et les images sulpiciennes dans la sacristie désaffectée.

Ritou était un petit homme à la voix grêle, toujours d'une rigoureuse courtoisie, appelant lui-même une sorte de déférence. Il passait au coin de la maison, on évoquait quelques banalités. Sa discrétion avait quelque chose de rassurant. Le temps qui passe, le temps qu'il fait prenaient toute leur dignité de vrais sujets.

À la réflexion, ce qui a fait de Ritou cette figure centrale pourrait bien être ce mélange de retrait et d'adhésion profonde. Tout en lui ne cessait de dire : c'est cela, c'est bien cela, d'opiner profondément aux paroles, à la pluie, à la nécessité des choses comme à leur disparition, et en même temps une discrète réserve semblait signifier non, ce n'est pas cela, ce n'est jamais cela, c'est aussi tout autre. D'où l'excentricité réelle du personnage, accordée à sa retenue ; il admettait tout, se pénétrait de tout. Le ton de sa voix, son regard disaient : prenons ces choses pour ce qu'elles sont, tellement importantes qu'en réalité on s'en fout. Il était, pleinement, des deux côtés : indifférence, intime adhésion. De quelqu'un d'ainsi fait, n'importe quoi peut surgir. Et la bizarrerie surgissait, mais sur le mode de la platitude énoncée sans trop y penser, puisque l'ordinaire n'était en Ritou que l'autre face de l'extraordinaire.

Le temps qu'il fait ne suscitait pas seulement, chez Ritou, l'intérêt ordinaire de l'agriculteur. La pluie ou le beau temps, c'est la banalité même, la conversation qui permet d'occuper le terrain quand on n'a rien d'autre à dire. Guère plus qu'une formule de politesse. Ritou savait faire vibrer les harmoniques de cette banalité, en tirer toute la richesse d'évidences pénétrantes, jusqu'à ce que le fond de l'air, dans ses variantes de fraîcheur et d'humidité, à force de splendide effacement, apparaisse comme le fond des choses.

Au temps de sa splendeur, Ritou possédait, comme les autres, une exploitation agricole. Plusieurs années, il avait employé, pour l'aider à la fenaison, deux adolescents portugais. Je n'aimais pas trop les regards narquois qu'ils me lançaient du haut de la remorque où ils étaient juchés. Un jour, nous nous étions retrouvés, cinq ou six gamins, à écouter de la musique dans une maison alors désaffectée, celle qu'occupent aujourd'hui Marie-Claude et François. Quelques jours auparavant, mon frère, encore tout gamin, était revenu le nez saignant d'un accrochage avec les Portugais. Les choses ont dégénéré avec une sorte d'évidence. Le plus grand m'a demandé si je voulais me battre, traduction naturelle de notre hostilité implicite. Nous sommes sortis et très vite je me suis retrouvé agenouillé sur lui qui, dos plaqué au sol, me faisait face. J'essayais de le bourrer de coups de poing, sans parvenir à éteindre sur son visage le ricanement affecté qui y restait obstinément affiché. J'éprouvais une bizarre impression d'irréalité et d'impuissance.

Si je me souviens de ce petit fait, c'est à cause de cette qualité presque onirique : les gestes s'accomplissant comme d'eux-mêmes, et paraissant sans poids, sans épaisseur charnelle. Ce qui aurait dû m'émouvoir, dépourvu d'émotion. Ce qui aurait dû engager les corps ne les atteignant pas. Les combats de rêve ont plus de substance.

Et tout cela prend une espèce de cohérence, la bagarre comme une chorégraphie d'ombres, les maisons habitées de fantômes, les journées d'ivresse où l'on dérive sans pensée, sans volonté, d'une maison à l'autre, le chagrin sans fond ; au milieu de tout cela, la voix somnambule de Ritou. On voudrait toucher quelque chose. On avance, il faudrait s'arrêter un instant, écouter, se repérer. Qu'est-ce qu'il y a ? On cherche. Plus on cherche, plus on s'éloigne. J'aurais voulu voir le sang jaillir de ton visage, Portugais, et en avoir plein les mains. Tu ne m'en as pas donné, tu ris encore sous mes coups de gamin.

Un rire aussi s'empare de la face bouffie des alcooliques qui titubent du côté du bar, pendant les fêtes, et qui cherchent la bagarre comme on veut plonger les mains dans du corps. Ce n'est pas leur rire, ce n'est pas leur voix: ce rire-là, découpé à même leur chair, les raille et les bafoue.

À si peu être, à exister si bas, tout en donnant à ce presque rien toute sa présence et toute sa douce ironie, tout son abandon et toute sa force, tu étais peut-être bien, Ritou, le génie du lieu. Celui qui s'exile et qui revient, une dernière fois, juste avant de disparaître. Celui qu'on a toujours ignoré, dont l'absence ne change rien, jusqu'à ce qu'on s'aperçoive que les ombres ne sont plus les mêmes. Petit dieu des météores, dans la voix grêle de qui résonnait ce qui est là, s'écoule avec la pluie, luit dans les ciels, les soleils, les neiges, les paysages qui reculent, s'enfoncent et disparaissent, ce qu'on ne peut pas nommer, et dont on ne cesse de parler, dans l'indéfini perpétuellement recommencé des conversations banales.

Par la suite, Ritou a dû renoncer aux Portugais, renoncer aussi à être son maître. À son tour, pour survivre, il est devenu ouvrier agricole. Il est parti dans l'Allier, ne revenant dans sa maison que de temps à autre, et définitivement, enfin, au moment de la retraite. Il est mort sans qu'on l'ait vu avec une femme.

*

Le cousin Léon ne viendra pas. Qui se souviendra de Léon ? Il vient de mourir dans sa maison de retraite. Il avait cumulé, autrefois, les fonctions de cafetier, de chauffeur de taxi et de cantonnier au chef-lieu de la commune. Lorsque nous faisions le voyage en train, il nous montait au village. De l'arrière, sa casquette et ses oreilles largement déployées se découpaient sur le pare-brise de la voiture. Les lacets, l'étroitesse de la route, à peine de quoi laisser se faufiler un véhicule par endroits, entre la falaise et le ravin, rien n'entamait son indifférence au danger. C'était un jeu délicieux que de se laisser terroriser par la conduite de Léon. Parfois, avant le parcours, on allait s'ennuyer dans son café. Ennui à la saveur profonde, plus puissante même que celle de la terreur légère qui allait lui succéder.

Je ne l'ai plus revu pendant des années, jusqu'au soir où des amies qui arrivaient de Paris tentèrent de grimper au village à la nuit tombante, en dépit de la neige. Cinq kilomètres avant d'arriver, elles durent abandonner leur deux-chevaux le nez dans la congère qui barrait la route, et redescendre à pied chez Léon. Je lui avais téléphoné. Il avait répondu aussi familièrement que si nous venions de nous quitter. Sa femme était morte depuis longtemps, le café fermé, il ne voyait plus grand monde. Il avait ouvert sa porte à trois filles en pleine nuit. Il leur avait donné une chambre, des lits, des draps dont elles eurent par la suite quelque difficulté à faire la description, tant ces objets dans leur aspect réel, leur couleur, leur consistance, paraissaient peu se conformer à leur concept. Elles parlaient du beurre. Quelque chose dans le beurre de Léon excédait infiniment ce qu'on peut attendre d'un beurre normal. Il les avait rassasiées de choses dont elles se souvenaient avec une bonne humeur qui se nuançait d'un effroi sincère.

Elles conservèrent de Léon une image compliquée et noirâtre dans une stalle peu fréquentée de leur mémoire, comme une petite idole exotique au temple à demi écroulé. C'est la dernière fois que j'ai entendu sa voix. Il était l'incarnation de tout le monde, et il n'y a pas de raison pour que l'on garde la moindre mémoire de ce qu'il a été.

*

Pujol ne viendra pas. Il habitait l'autre maison de Vens, et je regretterai toujours de ne pas y être entré. Pujol y tenait restaurant avec sa femme. Un restaurant de cul-de-sac, parmi ces cinq bâtisses à demi ruinées, au-dessus de rien. J'avais connu le Pujol d'avant, au temps de sa gloire. Il négociait les bestiaux dans les foires du pays. L'uniforme du maquignon, grand bâton, blouse noire, chapeau à large bord, lui donnait un air imposant et une noblesse de comice agricole un peu trop ostentatoire pour ne pas éclipser sa noblesse réelle. Pourtant, je ne sais pas pourquoi, j'ai tout de suite, instinctivement, aimé cet être que je n'ai vu que trois ou quatre fois dans ma vie. Peut-être entrait-il là une part d'illusion, peut-être la distance d'abord instaurée par son allure exotique donnait-elle une valeur exagérée à l'aisance presque irréelle avec laquelle on entrait en sympathie avec lui, jusqu'à faire prendre cette facilité pour de l'intimité. Mais encore aujourd'hui, et bien qu'il soit mort alors que je l'ai à peine connu, je pense encore affectueusement à Pujol, à ses poches bourrées de gros billets en paquets, à ses tournées d'Avèze et de blanc cassis après les foires. Le mélange de superbe et de sévérité de son apparence suffisait sans doute à absorber le peu en lui qui exigeait de sacrifier à la vanité. Je crois qu'il était bon, tout simplement.

Il a fait faillite. Tout y est passé: plus de belle maison. Terminée, dans les foires, la splendeur du verbe et des liasses de billets. Tout cela se déployait au-dessus d'un gouffre insoupçonné. Il est allé retaper une masure appartenant à sa femme, à Vens. On y rôtissait des poules pour les rares clients. Il les raccompagnait à la porte, paraît-il, avec cette étrange formule de restaurateur, que je n'ai jamais eue l'occasion d'entendre, mais qui, dans son altière humilité, me semble le dépeindre: «Merci de votre bon accueil».

*

Les Soubeyran ne viendront pas. Il n'y a pas bien longtemps qu'ils sont morts. Mme Soubeyran tenait l'auberge, du temps où ce hameau de vingt-cinq habitants s'offrait encore le luxe d'une auberge. Ce fut aussi, pendant longtemps, le siège de l'unique appareil téléphonique. Les coups de fils étaient rares. De temps en temps, on voyait la petite silhouette mince et noire de Mme Soubeyran se planter au milieu du chemin, entre église et auberge, et lancer le cri du téléphone. Celui qui l'entendait courait prévenir l'heureux récipiendaire.

M. Soubeyran était l'un des deux borgnes du village, l'autre étant l'accidenté de la route à l'œil pendant. Lui, on ignorait comment cela lui était arrivé. Était-ce à cause de cet œil unique, on lui prêtait une clairvoyance extraordinaire. Dans un pays ou rien n'échappe à personne, Soubeyran était celui qui voit tout et sait tout mieux que tout le monde. Il ne quittait pourtant guère la minuscule cuisine de l'auberge, et je l'ai toujours vu assis dans son fauteuil, le journal sous le nez. Mais il possédait des jumelles. Où qu'on fût, au cœur de la forêt, au fond des gorges, on imaginait les yeux de M. Soubeyran, humectés et grossis par les verres, nous scruter du fond des jumelles.

Mais peut-être son apparence nourrissait-elle cette angoisse scopique. M. Soubeyran était extraordinairement maigre et osseux. À l'arrivée d'un visiteur, ou de clients, lorsque l'auberge fonctionnait encore, il se fendait d'un mince sourire. Fendait est le terme exact, car M. Soubeyran disposait de très peu de peau pour effectuer cette opération. En dépit du caractère réservé du sourire, une fissure s'ouvrait dans le visage étroit, qui du coup menaçait de se scinder en deux. L'épiderme tiré découvrait beaucoup de dents, dont certaines en métal, et se collait plus étroitement au crâne dont on apercevait distinctement les modelés. L'œil de verre lançait un éclat. Le sourire de M. Soubeyran faisait paraître une tête de mort à la place de son visage. Il est probable qu'il n'y pouvait rien, peut-être était-il un bon vieillard, mais son sourire a toujours empêché qu'on voie en lui autre chose qu'un squelette déguisé en homme.

Un jour, sans avoir bien prévenu, M. Soubeyran a renoncé à son peu de chair et de peau. Il est devenu ce squelette patient qui avait souri par sa bouche et qui l'avait attendu toute sa vie. Juste avant, il avait réussi à maigrir encore un petit peu.

Mme Soubeyran était une femme posée, intelligente, que peu de choses semblaient pouvoir ébranler. À quatre-vingts ans, elle en paraissait quinze de moins. Après la mort de M. Soubeyran, elle s'est défaite d'un coup. Elle n'a pas pu survivre à la disparition de ce très peu d'homme qui, dans un coin de la cuisine, déchiffrait longuement *La Montagne*.

*

Berthe ne viendra pas. Naguère, elle serait peut-être montée à pied, pour l'occasion, ce qu'elle faisait jusqu'à l'âge de quatre-vingts ans. Elle venait voir son fils Antoine, qui tenait notre ferme. Elle grimpait les six cents mètres de dénivelé par un sentier en pleine forêt, infréquenté hors saison, avec deux ruisseaux à traverser à gué. On la voyait surgir de nulle part, avec son petit chapeau de paille et sa robe à fleurs. Mais elle a quatre-vingt-treize ans aujourd'hui et ne quitte plus sa maison de Bessèges Bas, dans une gorge étroite en cul-de-sac. Les deux hameaux du fond, Bessèges Haut et Bessèges Bas, sont à peu près abandonnés. Le dernier voisin, Gazam, est mort depuis quelques années. Berthe est seule dans le village de septembre à juin. Deux kilomètres plus loin, à Bessèges Haut où s'arrête la petite route, la mère Chassang est tout aussi seule. Chacune tient dans ses ruines, sans se voir ni se parler. D'ailleurs, pour d'obscures raisons, elles sont, paraît-il, en froid. La possibilité matérielle de se réconcilier n'existe plus.

Quand on arrive à Bessèges Bas, au milieu de quelques maisons aux volets clos, la fenêtre de Berthe est ouverte. On cogne à la porte, elle ouvre, minime et cassée, ne reconnaît pas. Une fois le visiteur identifié, elle l'engueule de sa longue négligence, avec l'accent même d'Arletty passant un savon à Jouvet dans *Hôtel du Nord*. Elle a gardé la coiffure en casque des années trente, les préoccupations et les goûts d'une banlieusarde de l'entre-deux-guerres, Damia et les guinguettes, le petit vin blanc et *Ma Tonkinoise*. Son père, le poignet tranché par une lame, avait quitté la menuiserie familiale pour s'expatrier à Paris et gagner sa vie dans les chiffons, comme beaucoup de ses congénères. Elle est revenue sur le tard, à jamais parisienne, et pourtant figure emblématique à présent de la sauvagerie rustique. Son fils Antoine est le modèle vivant de l'authentique paysan, et l'incarne très bien sur les photographies.

Elle vit là, sans chauffage central ni salle de bains, sans personne, hormis l'été, à qui parler. On lui apporte régulièrement quelques provisions. Elle ne paraît pas malheureuse de ce sort, ayant transporté dans son hameau à l'abandon toute la gaîté intacte d'une jeune ouvrière de banlieue, telle qu'on en voit traverser les films de Carné, de Renoir, de René Clair, passant ses disques, relisant éternellement ses livres, Dumas, Jules Verne, chantant ses airs tristes ou lestes.

Dans Bessèges Haut, on pénètre comme dans un village de conte, enseveli dans les feuilles et les branches, au fond d'un trou de vieilles forêts. On n'ira pas plus loin. Le bitume s'efface dans un dernier virage. On n'a pas même remarqué sa disparition. Pas un bruit. Sinon parfois, sondant la profondeur du silence, les trois notes d'un oiseau dans un noyer ; l'infime allusion d'une source se déversant dans l'obscurité. On y boit quelques gouttes, comme pour obéir à un rite. Un réseau de lentilles vertes recouvre la surface de l'eau contenue dans un bassin de pierre, parmi des racines et des tiges. L'ombre de l'eau, l'ombre des branchages, le bois mouillé, la terre humide forment une seule substance entrelacée de rhizomes, recelant comme une lueur depuis très longtemps voilée. Le sommeil qui se recueille là paraît avoir envahi tout le village. La tour qui le domine est à demi écroulée. Des maisons biscornues tombent en ruine. Deux ou trois ont été restaurées. Clouées sur la porte d'une chaumière délabrée, deux pattes de sanglier ont l'air de vouloir éloigner les esprits. L'unique venelle cesse entre l'école et l'église. Après, le sentier s'éloigne entre de hauts murs de pierre, sous des falaises déchiquetées. On le perd de vue parmi les arbres dont les énormes racines soulèvent la terre.

La petite stèle qui énumère les morts de la Première Guerre mondiale a été érigée, comme d'habitude, devant l'école qui sert peut-être encore de mairie. Bessèges, à peu près inhabité, est une commune. Commune à l'étrange territoire, composé de vallées parallèles, séparées par des arêtes montagneuses, et sans communications entre elles. La stèle anodine, au fond de ce grand calme, diffuse tranquillement sa double ironie funèbre : dérisoire parcours, de l'instituteur à l'adjudant et puis à rien, quelques décimètres de l'école communale au cénotaphe collectif ; dérisoire population de morts, une quinzaine, pour ce village qui compte un habitant. Ils sont là, tous ensemble, serrés sur la même pierre, leurs maisons s'effondrent, leurs noms n'ont plus de sens et ne sont plus lus par personne.

Le cimetière est un enclos herbu attenant à l'église. Il est plus généreux en tombes que le hameau en bâtisses. Certaines, chichement abritées sous de petits auvents de tôle, montrent une bizarrerie de décoration que l'on retrouve ici ou là dans des cimetières perdus : couronnes et croix de petites perles de verre tressées, mêlant les jaunes, les mauves et les bleus. Les morts, dont les sépultures sont souvent à même la terre, ou réduites à une dalle à peu près désagrégée sur laquelle prolifèrent mousses et lichen, bénéficient tout de même ainsi d'un petit luxe aztèque, ornementation funéraire à l'exotique étrangeté, d'un baroque enfantin et parcimonieux.

Par les fenêtres étroites de la sacristie fermée à clé, on aperçoit quelques ornements sacerdotaux. Leur richesse brodée étonne dans cet abandon. Leur présence à la fois familière et sacrée ajoute à l'impression de tranquille irréalité que produit toujours Bessèges. On dirait que tous les humains viennent à l'instant de se volatiliser. Les objets quotidiens demeurent suspendus dans l'attente d'une vie qui ne reviendra pas.

On songe, en marchant dans Bessèges, à toutes ces maisons abandonnées où l'on pouvait fouiller, autrefois, à condition d'y entrer par la fenêtre. On y revenait, satisfait et tracassé à la fois d'y retrouver toujours intactes les vestes pendues à leur patère, les pantalons côtelés dans l'armoire, le matelas et les draps dans l'alcôve, l'assiette, le verre, la bouteille et le couteau sur la table. Le mot de mort ne convenait pas pour désigner le sort du propriétaire. Il avait disparu. Et l'on restait embarrassé de cette disparition, de ce temps qui ne voulait plus avancer et qui butait sur on ne sait quel obstacle. On regardait la bouteille étoilée au verre opaque, couverte de poussière, merveilleuse et décevante parce qu'on ne savait pas comment la prendre : était-ce un déchet ou un vestige archéologique ? Était-elle précieuse ou nulle ? Qu'est-ce qui nous attirait, dans cette urne oblongue posée sur le plateau de bois encrassé : le geste en elle retenu, la trace de la vie, ou l'objet enfin dépouillé des gestes et du temps, rendu à lui-même ?

La nef miniature de l'église de Bessèges est aussi cagneuse que les maisons et la dernière habitante. Les colonnes de pierre frustes, tordues, ont l'air d'avoir été taillées à même la roche. L'autel, un trapèze irrégulier d'un seul bloc, fait songer à des rites sacrificiels exécutés pour obéir à des croyances primitives. Les murs portent des restes de fresques très anciennes, d'une férocité naïve : grimaces de démons rouges et noirs, pied griffu. Si intérieurement tordue, l'église, qu'on la dirait soumise aux mêmes sourdes pressions qu'à l'époque où elle fut érigée, déformée par ce contre quoi elle dut lutter et qu'elle écarte encore, dans le même effort, toujours sensible. Mais de ce qu'elle continue ainsi à refouler elle est issue, elle s'est formée difficilement en trouvant sa place au cœur d'une épaisse et obscure matière, si bien que la forme en elle semble le visage contrefait de la substance. Aussi, dès qu'on y pénètre, éprouve-t-on l'impression de descendre en profondeur.

En face, la mère Chassang accueille toujours le visiteur avec le même bavardage familier, et les années passées entre deux conversations sont comme des jours. Mais peut-être la plupart des visiteurs se confondent-ils pour elle en un unique passant, à qui s'adressent les mêmes mots, dans un temps presque immobile.

*

Il est tard. Les derniers visiteurs sont repartis. Il s'agit encore de régler quelques détails de la cérémonie :

les textes, les cantiques. On demandera aussi la permission de passer une chanson profane, un air de variété que Lucie affectionnait. Il faut s'y prendre diplomatiquement avec le curé, qui n'a pas un caractère facile. Il vieillit. À soixante-dix ans, il consent encore à monter jusqu'ici, depuis sa cure au fond de la vallée, pour les événements exceptionnels comme les enterrements, et pour deux fêtes: la Sainte-Madeleine et le Jour des Morts. Cela ne durera pas. Il parle de ne plus venir pour la Sainte Madeleine.

La fête patronale a été ressuscitée il y a une vingtaine d'années. Au début les festivités se limitaient au bal, au concours de pétanque, au tir aux pigeons. On allait jusqu'à la course de chèvres, et l'épreuve de pesée du jambon était régulièrement gagnée par monsieur le curé. Mais les gens venaient de tous les villages environnants, les choses ont pris de l'ampleur, et se sont dégradées. Au début le bal avait lieu dans un garage. Puis on a loué une salle démontable. Les ivrognes de tout le pays ont accouru, ils jonchaient les prés à l'aube. On a dû contrôler l'accès, l'interdire à leurs chiens. Devant le refus de le laisser entrer avec sa bête, l'un d'eux, après avoir menacé de quelques sévices le préposé aux tampons, s'est écrié, philosophe éméché du vivant, Diogène sublime: «Tu apprendras que le chien, c'est un être humain comme les autres».

Lorsque, pour l'attraction principale, on a fait venir des catcheuses dont la technique de combat consistait à se rouler torse nu dans la boue, la coupe fut pleine. Le jambon annuel n'a pas pesé lourd dans la balance morale du curé. Il s'est gendarmé.

Pour le dernier Jour des Morts, la rupture a failli être consommée. Ce jour-là, après la messe, tout le village monte en procession au cimetière derrière le curé. Ses gros godillots de montagne écartent d'une allure décidée les plis de la soutane et font frémir la dentelle de son surplus, qui frôle dangereusement les bouses fraîches vautrées sur la route. Chaque famille se réunit près de sa tombe, le curé va de l'une à l'autre, suivi de son enfant de chœur, et envoie deux ou trois coups d'eau bénite. Le ciel est bleu et glacé, les montagnes empourprées par l'automne pointent au-dessus des vieux murs du cimetière. On entend aboyer un chien, au loin, peut-être une chasse dont les pentes se renvoient les échos. Le curé a la figure revêche, emboutie, d'un beau violet ecclésiastique. On le dirait toujours bondé d'une fureur réprimée.

Elle a éclaté la dernière fois, à la fin de la cérémonie, parce que les ouailles ont refusé de rester groupées comme il l'avait demandé pour en finir plus vite, et sont allées comme d'habitude sur leurs tombes respectives. Une magnifique engueulade, au milieu des morts. Une de plus, il a pris l'habitude de quereller les fidèles. En retour, on l'accuse d'en vouloir au village, de ne pas aimer les gens d'ici. Pas assez de religion à son goût, des sauvages, des voleurs et des lascifs. Il n'a pas tort sur tous les points. Par certains aspects, le village se rapproche d'un hameau de brigands de la zone tribale pashtoune. Même ceux du village voisin, à deux kilomètres, considèrent ceux d'ici comme des étrangers, des espèces de hors-la-loi.

Espérant peut-être en secret, depuis des décennies, un grand élan de foi paysanne qui se traduirait par des répons fiévreux et des chœurs exaltés, le curé encourage régulièrement les candidats au chant dans l'église. Après tout, pourquoi, dans ces campagnes reculées, la ferveur des bergers médiévaux ne se conserverait-elle pas? Il commence par appuyer sur le bouton d'un petit magnétophone qui diffuse de lointains cantiques. On les dirait enregistrés sous un orage, sur la route de Chartres, entre les deux guerres. On entend surtout l'orage. Le curé se lance, seul. Il débite la rengaine sulpicienne d'une voix atrocement fausse, l'air accablé. «Je le savais», a-t-il l'air de penser, «on me laisse encore seul». Quelques-uns, dans l'assistance, bougent un peu les lèvres, sans même essayer de faire vraiment semblant.

Les années fastes, la solitude lyrique du curé est rompue par une ou deux dévotes venues de la ville. Leur voix suraiguë rompt la paix des habituelles fausses notes de bon goût avec un enthousiasme presque aussi indécent que si elles vocalisaient un orgasme. La foi démonstrative semble obscène, dans cette église aux peintures naïves effacées par l'humidité, ornée de deux statues en plâtre barbouillées de bleu et de blanc. Qu'est-ce qui n'est pas obscène, qu'est-ce qui ne le paraîtrait pas, dans ce désert, à part le magnétophone du curé, la soupe de ses cantiques idiots chantés de loin par des inconnus? La douleur est obscène, l'espoir est obscène, toute parole est obscène, tout, à part écouter des chants sans beauté interprétés sans plaisir par des gens sans importance, en bougeant mollement les lèvres.

*

Il est tard déjà. On quitte la maison où Lucie sera veillée le reste de la nuit. À peine quarante pas sous un ciel d'hiver bondé d'étoiles en rafales figées, dures et sèches comme une tempête de grêle. Sous ce ciel illuminé du dedans, la terre s'obstine dans son opacité. Le bas des maisons se replie dans sa végétation de recoins trempés d'obscurité. Le cri des chiens, ici ou là, ne permet pas d'en mesurer la profondeur.

Nous nous jetons sur nos lits.

Quelque chose au milieu de la nuit me réveille.

D'abord, seule ma conscience est là. Il fait noir. J'écoute, aucun son ne me parvient, de sorte que dans ce défaut de sensations, mon esprit cotonneux confond le noir et le silence. J'ignore à quelle époque de ma vie je me trouve, dans quel lieu. Je ne découvre rien dans ma mémoire pour remplir cette lacune que je suis. Mon corps engourdi ne me livre guère d'informations, il se confond avec ce qui le supporte et l'entoure, il se recueille en lui-même. Je ne sais plus en quoi il consiste. Aucune angoisse pourtant, au contraire. Je repose au fond d'une paix inépuisable. Il y a de la conscience, sans rien d'autre. Sans propriétaire et sans contenu. De l'esprit flottant dans l'absence, paresseusement mesurant l'étendue bienheureuse et sans forme de l'absence.

En même temps cette absence ressemble à une imminence, et l'imminence à un souvenir. Cela tourne tranquillement en rond, à vide. Le vide de ce qui va venir est le même que ce qui a toujours été, il fait partie du bonheur de cet état étrange, éveil sans fin au sein d'une inépuisable somnolence.

Mais la fin est en germe dans cette perfection. Cela ressemble au mystère de la création du monde, et c'en est peut-être, pour la conscience qui expérimente ces états-limite, comme la trace ou la répétition. Quelque chose doit advenir, qui sera le souvenir, et avec le souvenir la mémoire des injonctions, des devoirs, des obligations, des chagrins.

Un très léger tintement, au cœur du repos, un tintement sans réalité bien nette, sans lieu, suffit pourtant à créer l'espace. Naît un dehors, et dans ce dehors la remémoration des étés. Comme souvent, je suis réveillé, bien avant l'aube, par les bruits du travail qui commence. La maison est au centre du village, croisement des troupeaux et des paysans qui vont au travail. D'abord ce tintement grêle, interrogatif, comme mal assuré de sa propre existence. Ce n'est guère plus qu'une condensation de la nuit, la trace sonore d'un rêve. On se demande si c'est un chien qui remue sa chaîne, un chat qui fait tomber une gamelle. On entend sonner un instant la question lancinante qui palpite, cœur minuscule dans les choses.

Mais en voici un autre, encore un, ils se multiplient, comme une pluie qui s'affirme. Puis disparaissent. Et je sais que c'étaient les veaux de Marie-Claude. Elle les emmène au pré, avant le crépuscule du matin, comme elle fait tous les jours de l'année. Ensuite, des carillons plus pesants, plus lents, qu'un martèlement sourd accompagne et déborde. Une rumeur de séisme peuple le noir. On entend des souffles et des grondements, presque au creux de l'oreille. La chambre se remplit d'un tumulte fantôme. La bête énorme qui s'est éveillée se compose de tout le corps de l'obscurité. Elle le déploie, le scinde, le multiplie, le vautre, le bouscule, en tire des frôlements, des chocs, des mugissements, comme si sa masse musculeuse ne pouvait tenir dans nul espace.

Très vite arrivent, à peine plus articulés, des appels rauques, brutaux. On tente de diriger l'animal multiple, de le calmer, de lui imposer une direction. Difficile de distinguer dans quelle langue on s'adresse à lui, entre le rugissement, l'interjection et le morceau de phrase. Il y a du patois, des mots pleins de *dz* comme dans les langues altaïques. Et cela monte, en échauffourée, en émeute. Aux ordres jetés ici ou là, sèchement, succèdent l'affolement, la colère, la rage, les tons se multiplient, du suraigu au caverneux, les réponses se précipitent, les jurons pleuvent. Celui qui n'aurait pas l'habitude de ces explosions quotidiennes, en pleine nuit, pourrait croire à un accident grave, à une bagarre générale, à la tentative d'arrêter un éléphant déchaîné, à une gigantomachie quotidienne de larves que le jour disperserait.

Enfin, les choses semblent se calmer, se mettre en ordre, et le martèlement suit un ordre plus régulier. Une fois le chien et les bêtes copieusement invectivés, vient le moment rituel où Adrienne peut plus calmement, et de manière plus circonstanciée, exprimer une nouvelle fois à son époux son immémorial grief, sans interrompre pour autant le travail. On croit entendre quelques mouvements de résistance, des velléités de protestation, des tentatives d'ironie, vite étouffés par l'énergie sans réplique des apostrophes. Les voix s'éloignent, et les reproches. Le troupeau reviendra pour la traite du soir, et puis repartira, dans la même urgence et les mêmes accès de turbulence, auxquels succédera ce même sentiment de paix que savent délivrer les bêtes aux yeux de déesse et au cul chocolaté de merde, avec le balancement rythmique de leurs ventres, leurs mufles inexpressifs, la lente cadence de leurs cloches.

On jouit ensuite d'un long moment de silence au cours duquel on manque se rendormir. On est rattrapé juste au bord de l'assoupissement par une nouvelle éruption de clameurs. Toujours pas le pugilat que devraient supposer l'énergie et le volume vocal dispensés : il s'agit de la conversation matinale des femmes de retour du pré, mixture de patois et de français dans laquelle on s'époumone à commenter le temps, l'état des jardins et les soucis vétérinaires. Décidément, il faut se lever, quand bien même la nuit n'est pas dissipée.

Mais non. Nous sommes en février, il fait nuit noire, et le silence est total. Pourtant, impossible de dormir. Rien à faire avant les obsèques, à trois heures de l'après-midi.

III

Pour aller chercher la tante, ce n'est pas compliqué : il faut prendre l'espèce de piste cahoteuse derrière le village, monter jusqu'aux grandes steppes, au bord desquelles se serrent les quelques maisons du hameau où vivent encore les parents de Marie-Claude, puis redescendre en lacets au-dessus de gorges couvertes de hêtres. Les silhouettes noires de volcans plus lointains se profilent par-dessus les hauteurs parsemées de gentianes. Des busards mouchetés de gris s'éparpillent au passage.

Chaque fois que je passe dans ces paysages de western, devant ces maisons soumises au vent, accrochées à une falaise de basalte qui les sépare en deux groupes, celles du faîte et celles du pied (deux groupes qui sont deux communes, deux mondes), je pense à mon arrière-grand-mère, dont la maison est encore là, au bord de la roche abrupte, tout près de celle des parents de Marie-Claude. Comme Marie-Claude, elle commença son existence au service des autres. Encore enfant, elle fut louée comme domestique dans les fermes, par ses parents. Elle allait un peu à l'école, pieds nus dans ses sabots. L'hiver, c'était cinq kilomètres dans la neige. Elle évoquait des glissades, des bêtises d'enfants qui la faisaient rire. Elle me montrait parfois sur sa main la cicatrice de peau morte, datant du jour de son enfance où son père, pour la punir, lui avait de force appliqué la paume sur la plaque brûlante de la cuisinière, et dans sa voix résonnait quelque tendresse.

Puis elle quitta ses douze frères et sœurs pour aller gagner sa vie à Paris dans la ferraille et les chiffons. Sur le tard, elle vécut avec mon arrière-grand-père. Ils étaient veufs tous deux. Sur les photographies, c'est un énorme bonhomme jovial, la boule ronde de la tête percée de deux fentes étroites : un Tangoute, un Ouïgour. Le bistrot dans toute sa gloire, l'apoplectique gonflé de colères et d'éclats de rire, qui se frottait les mains à la gnôle pour les parfumer. Il avait l'habitude, dit la légende familiale, de plonger de force la tête des ivrognes dans l'évier de son mastroquet, ou de faire le coup de poing dans les autobus à la moindre contrariété.

Après sa mort, elle avait continué à vivre un peu comme une paysanne, la cuisinière à charbon, l'eau qu'il fallait verser dans les toilettes au moyen d'un broc rempli dans la cuisine, les poules au fond du jardin. Il y avait dans la cave des endroit noirs où l'on entassait le coke, et tout près un bassin de pierre pour battre le linge. La cuisine n'était pas impeccable. Des odeurs fortes s'y recueillaient.

Une petite pièce ne servait à rien, dont on n'ouvrait pas la fenêtre, où l'on n'allait pas sans raisons spéciales, sinon pour chercher les pommes qui s'y conservaient, ratatinées, dans un cageot. Les armoires closes ne s'ouvraient que rarement. Là, dans la pénombre, des jeunes gens en uniforme à fourragères et soutaches restaient bien sages dans leurs cadres ovales. Mari, frères. Ils avaient combattu les Prussiens, on leur avait coupé une jambe. D'autres choses encore, qui ne semblaient pas appartenir au temps. Les jeunes gens, pourtant, restaient stoïques, indifférents à leur sort. Ils continuaient à fixer leur attention sur le même point, derrière nous.

Cela les rendait étranges, cette fixité mêlée à ces agitations obscures, ces combats et ces souffrances qu'on ignorait, qui se gardaient là, invisibles et fraîches, dans la pénombre sereine. La voix posée de l'aïeule laissait entendre qu'on pouvait être les deux, le jeune homme impeccable au regard doux dans son cadre, et l'autre, celui de la baïonnette dans le ventre du Boche, de l'éclat de fer entrant dans la cuisse. Les deux estompaient insensiblement leur différences pour revenir à un point où ils étaient les mêmes, quelque chose de fade et d'un peu sur comme l'odeur des pommes dans la pièce. Les beaux jeunes gens rejoignaient là, peut-être, leur vérité, une vérité sans éclat et sans importance.

L'un, était-ce l'ancien mari? s'appelait Armand. Ce nom me semblait condenser l'éclat vieilli des uniformes et des visages, les petites moustaches en croc, une jeunesse forte et surannée. Un noyau doré dans le noir. Tous les portraits de soldats morts sont des portraits d'Armand.

Il me semble, lorsque j'y pense, que si, de la tête et de la poitrine, des mains qui frappent sur le clavier de l'ordinateur, glissent la feuille dans le fax, j'appartiens à ce monde aérien, où les informations volent sans cesse, où les richesses ne pèsent pas, mes pieds, mes jambes avancent encore, plus lourdement, dans la substance épaisse d'un autre monde, disparu, avec ses chars à bœufs et son charbon, ses neiges et sa crasse, ses poules et ses jolis petits soldats morts.

*

Des temps différents continuent à se mêler dans le village. La plupart des ses habitants n'ont jamais vu Paris. Certains connaissent à peine la métropole régionale, située à moins de quatre-vingts kilomètres. Les femmes se couvrent les cheveux à l'église, laissent aux hommes les termes crus, l'alcool et les cigarettes. Comme dans les fabliaux, il est arrivé qu'une paysanne soulève ses jupes et montre son derrière à l'adversaire en guise d'affront. On n'a pas de toilettes ni de douche, mais la télévision est là, avec ses jeux et ses guerres, à quoi se résume presque la vie culturelle. On la laisse parler, sans trop la regarder. Elle atteste que le monde existe.

J'étais encore un gamin, cet été d'il y a trente-cinq ans. Dans la ferme voisine, on avait déjà la télévision, en noir et blanc bien sûr. Je passais une partie de mes journées à garder les vaches avec Martine. Les clôtures n'existaient pas, on ne connaissait que les murs de pierre ou les prés ouverts. Ou bien, on allait faner. On remontait jusqu'au village à bord du char débordant de foin, tiré sans hâte par la paire de bœufs. Les grosses pierres du chemin faisaient sauter les roues de bois cerclées de fer. Cet été-là, le soir, j'ai pu voir dans le poste de télévision un autre char, presque aussi lent et maladroit, osciller sur des pierres. Mais ceux qui l'entouraient portaient des casques au lieu de casquettes, des combinaisons de scaphandrier, ils parlaient américain et ils venaient de débarquer sur la lune.

À présent, tout le monde a des tracteurs, toujours plus gros, toujours plus modernes. Ils ont cabine, radio, climatisation. Les anciennes granges ne parviennent plus à les contenir, il leur faut leurs garages en parpaing. Plus, ou presque plus de fenaisons avec les vieux et les enfants aux râteaux. Chacun travaille seul en compagnie de son monstre. Pourtant, les mêmes qui viennent de s'acheter le dernier modèle de tracteur américain, la trayeuse électrique, le monte-bottes, les mêmes qui se font construire une étable ultra-moderne continuent à proposer, à l'occasion, un petit service thérapeutique. Car chacun a son don, héréditairement transmis. L'un soigne le feu, on va le voir pour les brûlures et les coups de soleil. Un autre fait partir les dartres. Il faut le laisser seul avec le patient, une feuille de papier, une paire de ciseaux. Celui qui est soigné ne doit pas révéler comment il l'a été, de sorte qu'on continue à s'interroger sur l'usage de ces instruments. Il m'est à plusieurs reprises arrivé de faire appel à François pour une tendinite ou une entorse. C'est sa spécialité. Il s'agenouille devant la cheville ou le genou blessé, dit quelques prières tout bas et trace des signes de croix à l'endroit névralgique.

*

Au moment où j'arrête la voiture devant la ferme, les premiers flocons commencent à tomber. La tante encadre sa carrure dans la porte, hurle un salut cordial, m'écrase contre elle, m'accable de reproches de toute nature — le retard, le manque de coups de téléphone, avec une théâtralité souriante, puis se prend de chagrin, s'abandonne un moment à la déploration, revient aux nécessités du moment. Il s'agit de ne pas traîner pour ne pas arriver en retard aux obsèques, et la route pourrait devenir mauvaise. Elle entasse tant bien que mal son quintal sur le siège passager, et nous partons.

Je pense aux grands hivers dont nous attendons vainement le retour, en dépit des petites pointes à moins vingt presque chaque année : la neige montant jusqu'au bas des fenêtres, les chemins ouverts à la pelle pour sortir des maisons, la route terminée à pied parce que la voiture ne pouvait aller plus loin, une année même, dans un ciel parfaitement bleu, la descente de l'hélicoptère, son atterrissage dans un champ derrière le village, chargé de provisions pour ravitailler les paysans bloqués depuis des jours.

Je me souviens du bonheur de ces reliefs effacés, enveloppés dans une substance égale, éblouissante, engourdissant les sensations, avalant même les sons. Plus de prés, de bosquets, de haies, de murs, de chemins, d'herbe, de taupinières, une continuité douce, des ondulations moelleuses laissant seulement la trace des choses qu'on s'étonnait presque d'avoir connues sous une forme bien moins parfaite. Moins encore que des traces, une allusion, une esquisse de courbe, rien. D'invraisemblables vagues soulevées par le vent, au bord de l'effondrement, et demeurant comme des rouleaux océaniques figés dans un temps suspendu. Des éclats de paillettes que la lumière allume, éteint, ranime ailleurs. Et parfois, sous la couche régulière, par une déchirure, comme un rappel, le souvenir d'un monde ancien aboli, un aperçu sur des profondeurs noires et pleines de formes enchevêtrées. Si la neige, à nouveau, pouvait tout envelopper, effacer les reliefs et les chagrins, taire les mots.

*

On n'échappe pas comme ça à la tante Léontine. On n'échappe pas à sa vigueur. À soixante-dix ans, avec son format de sumotori, elle pouvait encore danser des bourrées en apesanteur, et envoyer rouler sur le parquet, d'une seule gifle, les alcooliques importuns. Sur les photographies de son mariage, il y a de cela soixante ans, elle se ressemble. Elle appartient, comme Joseph, comme l'arrière-grand-père, à l'une des deux peuplades, celle des Mongols : le visage large et rond, aux pommettes et aux arcades sourcilières marquées, les yeux bridés. Dans la robe blanche qui peine à faire le tour de sa carrure puissante, la couronne des épousées sur le crâne, elle figurerait aussi bien, avec le même naturel, sur la photographie d'un mariage à Oulan-Bator dans les années quarante. D'ailleurs il suffit de grimper sur un kilomètre la butte qui commence derrière sa maison, et la steppe se déploie. Il n'y a plus que les ondulations de l'herbe et les troupeaux.

Le petit homme, à côté d'elle sur la photographie, a disparu depuis longtemps. Je ne conserve de lui qu'une image, dans un après-midi très ancien, celle d'un maigre paysan en veste de toile grise et casquette, la large ceinture autour de la taille, la gitane maïs collée au coin de la bouche, comme ils étaient tous. Son visage sec, sans largeur, au grand nez osseux, décelait l'autre espèce, celle des Sarrasins, avec leurs yeux charbonneux et leur peau mate. Il faisait chaud, ce jour-là. Des hydromètres mesuraient l'eau des abreuvoirs. L'air fleurait puissamment le purin. Des flaques obscures et traversées d'irisations où s'en recueillait l'essence montait une odeur semblable, en plus concentré, à celle des seaux de lait tiède. Cela donnait à celui-ci un goût d'entrailles et de terre, une noirceur intime qui épaississait sa blancheur.

Il me semblait que rien d'autre n'était à demander que cette chaleur, cette odeur, ces glissades aisées des habitants de la surface, alors que juste au-dessous d'eux, de l'autre côté de la pellicule imperceptible qu'ils ne traverseraient jamais, poussière et boue flottaient entre des édifices d'algues. Un même état d'intensité habitait les choses, une radiance ténébreuse dont elles n'étaient que des concrétions variées. Le mari de la tante Léontine est toujours là, dans l'odeur, auprès des abreuvoirs, quarante ans après sa mort il n'en a pas bougé. De lui il n'est jamais question.

On n'échappe pas à ses fromages. Car elle en fait, qu'elle diffuse dans des épiceries locales, qu'elle vend au visiteur, ou qu'elle donne. On refuse, l'air de ne pas pouvoir accepter un tel cadeau. Généreusement, elle insiste, en fourre deux ou trois dans du papier journal et un sac en plastique. Ce sont des choses cylindriques, grises et jaunes, ravinées et bourgeonnantes. Le goût, la qualité, la consistance en sont aléatoires. Parfois la pâte, dure comme la pierre, entreprend, dès que les dents sont parvenues à la briser, de dissoudre le palais. Le principe actif continue à attaquer longtemps après qu'on s'est débarrassé de la bouchée. Parfois, lorsque l'affinage a réussi, on recueille sur la langue un peu de tendresse emmaillotée dans l'âpreté.

Elle les fait sécher sur des planches qu'elle a accrochées au-dessus de sa table. Cela ne contribue pas à faire baisser le taux de natalité des mouches. On s'attable, on prend un porto et des gâteaux anciens. Quelques gouttes de petit lait viennent humecter le crâne ou se délayer dans le verre. L'affinage se fait dans un vieux réfrigérateur rouillé, sans porte, installé dans le passage qui va directement de la cuisine à l'étable, selon une disposition courante dans les fermes.

On n'échappe pas à son bavardage. Elle est la généalogiste et la chroniqueuse la plus efficace, la plus exhaustive du canton. Elle peut tenir des heures, au téléphone ou de vive voix, à reconstituer des liens de parenté oubliés, dans un déluge de noms connus ou inconnus, mais qui de toute façon relèvent pour elle de l'évidence, d'un savoir minimal qu'il s'agit de posséder. Entre des villages perdus, éloignés les uns des autres, entre des familles apparemment sans rapport, entre des vivants et des morts elle révèle ainsi un écheveau de connections, un rhizome souterrain dont la complexité effraie.

Elle sait ce que l'on aurait cru effacé, elle déterre des récits de vies sans importance, qui tout à coup reprennent corps et poids de communiquer avec les nôtres. On ne l'écoute pas toujours, on la laisse dérouler ses généalogies et parfois on s'en amuse. On s'en fait le reproche, on mesure ce qu'on laisse perdre. Mais faut-il vraiment sauver le savoir de la tante, à la manière de ces folkloristes du XIXe siècle qui parcouraient les provinces et recueillaient précieusement les histoires qu'une aïeule était la seule à connaître encore dans un village reculé ? Doit-on se culpabiliser de la laisser tonitruer toute seule ses existences tragiques et banales ? La tante fait ce qu'il faut faire, elle tient son rôle. En faisant l'appel des morts, elle les soutient encore un peu à la surface de la mémoire, mais aussi, et peut-être obscurément le sait-elle, elle les rassemble une dernière fois afin de les envoyer tranquillement vers l'oubli. On aimerait les deux, la mémoire attentive, respectueuse de toutes les histoires et la familiarité désinvolte de l'oubli, dans lequel les vies sont rendues à elles-mêmes, hors de toute attention, de toute inscription dans le livre de l'authentique. Il faut écouter la tante, et il faut ne pas l'écouter, simplement entendre dans sa voix la modulation d'une intimité sans figure, le murmure du temps.

Elle parle tout au long du chemin, elle ne cesse pas de parler, de sa voix brutale et tendre, le fil d'un récit ininterrompu se déroule, qui se tisse autour de l'heure, du lieu, enveloppe progressivement son paquet de vies à mesure qu'elle se déroule, en fait un seul entrelacs sans fin de temps. Elle parle de Joseph, qu'elle a bien connu. Il habitait à deux kilomètres de chez elle.

Je ne parviens pas à écouter tout ce que la tante raconte à propos de Joseph, de sa mère, de nos liens de parenté, de son caractère à la fois sauvage et doux, de même que je ne parviens pas à me remémorer, dans la voiture bondée de paroles, tout ce qu'elle en a déjà dit autrefois, et qui était la même chose, ou subtilement différent, ou tout autre.

*

Joseph appartenait à l'espèce répandue des vieux célibataires. Sa mère l'avait un jour menacé de se suicider s'il ramenait une femme à la maison. Il a conservé sa mère. Même après sa mort, l'interdit qu'elle avait édicté a été respecté.

Du vieux célibataire, il présentait les caractéristiques classiques : pour la vue, la chemise à carreaux boutonnée jusqu'au cou, les deux gilets lie de vin, la veste et les braies de toile noire, la gitane maïs. Pour l'odorat, un mélange de tome de cantal, de sauvagine et de fumée. Pour le goût, le rouge un peu aigre bu dans un verre douteux. Les montagnes nourrissent chichement deux espèces de vieux célibataires :

le petit desséché, face étroite comme une lame, tout entière consacrée à un nez rocheux et à une paire d'oreilles destinée à retenir le béret; ou l'hercule sanguin, au visage rond, aux pommettes larges, aux yeux de nomade kirghize, qui arrête le soleil lorsque sa carrure s'encadre dans la porte. Joseph appartenait à la seconde.

Le vieux célibataire a l'hospitalité cordiale et généreuse. Il sait ce qu'il doit au monde. La simplicité de ses manières, simplicité dont il se réclame en vous forçant à boire un autre plein verre et à accepter un fromage ou une douzaine d'œufs, n'est que l'apparence conventionnelle d'un attachement intégriste aux rituels complexes de la civilité paysanne. La conversation se tient assis sur des bancs, de part et d'autre de la table. Le verre rempli à ras bord doit durer. Son contenu marque le développement de la première phase, son remplissage permettra une relance. La conversation avec le vieux cousin n'implique pas nécessairement un dialogue verbal. Son fonds principal se constitue de grommellements dispersés, d'onomatopées entre lesquels on laisse s'installer un silence de bon aloi.

Là-dessus, quelques remarques à propos du temps, des récoltes, de la famille viennent se détacher en guise de fioritures décoratives. Un attrape-mouche doré pend dans le creux profond de la fenêtre, tortillé comme un ornement baroque dans une église. La lumière avaricieuse ne se dépense qu'à l'éclairer, le prenant pour un luxe, et nous laisse dans la pénombre. Sur la spirale glorieuse s'achèvent de minuscules agonies. D'autres mouches profitent du calme ambiant pour avancer avec soin leur exploration de la toile cirée.

La plupart du temps le vieux célibataire est réellement un brave homme, le même dans la maison obscure de qui sommeillent d'anciennes histoires de valets rossés à coups de sabots ferrés, au pied même de l'église, de voisins querelleurs menacés de coups de fourche, de haines familiales longuement recuites et remâchées, pour un bout de pré, pour un médaillon soustrait à l'héritage de la mère, haines dont les épisodes violents ou fielleux doivent se siroter en artistes, à la veillée, entre connaisseurs.

Il s'obstinait à vivre hors la loi et les règles, et défendait avec âpreté son bien, bout de terre, passages, bâtiments, n'hésitant pas en revanche à empiéter ici ou là sur le territoire communal. Lorsqu'il avait encore quelques bêtes, il refusait toute intrusion des innombrables réglementations sanitaires qui régissent l'élevage. Un vétérinaire hardi, qui s'était aventuré dans ces hauteurs, sans doute pour une histoire de vaccination, avait dû déguerpir devant la fourche de Joseph.

De nos plus anciennes rencontres avec lui, il me reste peu d'images. Plutôt un sentiment de la lumière. Même l'été, la lumière n'éclairait pas les vieilles maisons, en ces temps. Elles avaient trop de noir. Elle y pénétrait en écartant un peu la crasse et le désordre, sans jamais aller jusqu'au bout. Toute une part lui échappait, recroquevillée dans les replis des vêtements, sous les tables, au fond des armoires, derrière la complication des bahuts, des portes donnant sur d'autres portes. Une géographie de coins la déjouait en permanence.

Cette ombre tenace au-dedans, au-dehors le gris des pierres de lave et des crépis, toujours à moitié effrités par une sorte d'élégance du négligé semblable aux barbes de trois jours, affectaient, ne fût-ce que très légèrement, les jours d'été les plus radieux. Devant chez Joseph, au cœur du mois d'août, le soleil brillait toujours dans le passé. On eût dit un léger décalage du temps. Accueillait aussi la lumière d'été la grande dalle du seuil, intermédiaire entre le sol domestique et l'affleurement géologique, unique bloc creusé, fissuré, ondulé comme une vieille peau, percé d'herbes, colonisé de lichens, traversé par les zèles de quelques insectes. À son tour, elle en noircissait l'éclat, le laissait glisser vers le grand vide, juste devant la porte, au fond duquel s'étendaient les arbres à perte de vue. Ils l'absorbaient. La lumière épaissie devenait substantielle.

Plus encore que par la lumière sur nos rétines, la maison de Joseph s'était inscrite sur notre peau, par le stylet des puces qui nous avaient dévorés. Petite choses noires issues du noir, qu'on ne voit pas nous coloniser et dont on ne sait jamais avec certitude si on en est débarrassé.

Joseph ne possédait pas l'eau courante, et bien entendu pas de salle de bains ni de toilettes. Il était parvenu à récupérer l'eau d'une source au moyen d'un bricolage de tuyaux en plastique qui traversaient la maison et aboutissaient devant la porte, où ils se déversaient dans un antique abreuvoir.

Une nuit, le feu a pris au rez-de-chaussée. Il a tenté plusieurs heures d'en venir à bout, et n'est allé chercher de l'aide des uniques voisins, vers trois heures du matin, que lorsque les flammes, qui avaient gagné les étages, commençaient à sortir par les ouvertures. Ils ont réussi à en venir à bout. Avec l'argent de l'assurance (en quel instant de faiblesse avait-il souscrit une assurance?) on a refait une partie des cloisons et du sol. Une partie seulement, le reste, poutres, planchers, restant brûlé, noir, menaçant effondrement. Très vite, la crasse et le désordre ont regagné du terrain dans les parties neuves, sans toutefois l'occuper aussi profondément qu'avant. Joseph est resté avec l'ombre persistante de l'incendie, dans son demi-palais calciné.

Le bavardage de la tante ne m'a même pas laissé le plus petit interstice pour lui parler de papa. Et puis comment parler de cela dans ce quart d'heure de voiture, serré contre la tante, et la route qui tourne et commence à glisser?

*

Nous arrivons, la tante fait devant moi son entrée chez François. Elle balance son corps pesant à travers la salle, embrasse Marie-Claude, et reste debout près du poêle. Ce n'est pas à elle qu'un tel moment retirera la parole: elle parvient spontanément à trouver quelques mots à glisser à Marie-Claude et à François; pas des raisonnements, des consolations élaborées, mais de ces plaintes conventionnelles dans la modulation desquelles l'air compte beaucoup plus que les paroles. Elle les formule avec une conviction, un sens de la familiarité douloureuse qui parvient, un peu, pour quelques secondes, à réintégrer la mort parmi les choses quotidiennes. Mais la mort échappe à la tante, et ne demeure pas longtemps confinée dans le cercle d'existence où sa voix l'avait serrée.

Des voitures sont montées de tout le pays. On ne sait où elles parviennent à se ranger. Il doit y en avoir tout le long de la route, jusqu'au virage de Rocheplate, où elle sort du bois. Mercedes et R12, piétons, vieilles à fichus et blouses, ridées comme on ne l'est plus, costumes et chaussures cirées de la ville, paysans à passe-montagne jamais sortis, depuis des années, de leurs hameaux ensauvagés. La mort de Lucie a rassemblé ces mondes et ces époques. Comme si l'on venait de trancher à même la montagne en mettant à nu les couches géologiques, les funérailles de Lucie rendent d'un coup visible cet entrecroisement des temps qui continuent, dans le village, à se mêler.

Les cloches se mettent à sonner. Il faut, pour parvenir à les faire résonner en cadence, une technique et de l'entraînement. Un paysan solide peine à ébranler le gros bourdon. Il faut ensuite le mouvoir de façon qu'il alterne régulièrement avec la petite cloche. Un enterrement ici se compose d'une multitude de détails techniques et diplomatiques, que l'on ne confie pas à des professionnels : qui va sonner ? Quels seront les porteurs du cercueil ? Il en faut quatre, et deux sonneurs. Aucune famille ne doit être exclue. La question de savoir qui assistera à la cérémonie à l'intérieur de l'église, qui dehors, n'est pas de moindre importance.

La neige redouble au moment où l'on se rassemble sur la route, devant la maison de François et Marie-Claude, un peu en contrebas. Devant nous, le four banal, et la montagne des Chavastres. Derrière, tout près, le cimetière. À l'horizon, le volcan. On a revêtu les vestes que l'on n'arbore que pour ces occasions. J'ai sorti un vieux manteau de l'armoire. Bientôt une petite foule se forme, tous les regards tournés vers la porte de la maison de François et Marie-Claude. Il doit y avoir, sur ce bout de route, dix ou vingt fois la population du village, vingt fois vingt personnes. Enfin le moment vient pour les porteurs d'aller prendre la bière pour la descendre à l'église. Dans la maison aussi une petite cohue occupe tous les coins. François a endossé un costume de circonstance: une veste grise, étriquée, où ses larges épaules se logent avec peine. Les manches remontent loin au-dessus des grandes mains que le fer a tailladées. Sa barbe et ses yeux clairs le font ressembler à un dieu forgeron qui aurait du mal à entrer dans les étroites défroques des hommes. Quelqu'un lui demande s'il veut voir le corps avant qu'on visse le couvercle du cercueil. « Sûr que j'y vais, voir la fille », dit-il, et cette familiarité fait mal, qui ne renonce pas devant la mort, qui tranquille s'obstine, visage égal, voix inaltérée.

Les porteurs sont parvenus à glisser leurs carrures empêtrées de vêtements inaccoutumés dans l'étroite chambre d'Alice. Ni familiers ni étrangers, dans ce moment où ils doivent enlever le corps à la famille, et le prendre en charge au nom de la communauté, ils savent qu'ils doivent être là sans y être. Leur fonction les exclut d'une intimité à laquelle cependant ils se sont associés le matin même ou la veille, leur interdit l'effusion comme l'indifférence. Ils se composent une allure de meuble. Ils y cherchent refuge à la fois contre le sentiment et contre le piège toujours présent de la mauvaise conscience, qui menace de les troubler en leur présentant leur calme comme de l'indifférence et leur recueillement comme de l'affectation, les attendant ainsi là même où ils croient pouvoir s'abriter d'elle.

Dans l'idéal, il faudrait que la cérémonie se déroule en un glissement aisé, d'étape en étape, que rien n'accroche dans cette lente descente du mort vers sa destination. Le mot d'ordre tacite est de lui faciliter le passage. Si nous parvenons à faire en sorte qu'il ne pèse plus, que le métal et le bois de son cercueil ne blessent pas, si les bruits et les menus incidents du travail humain, nous les effaçons, alors peut-être il lui sera moins difficile de se quitter, de s'affranchir de ce qui le retient encore dans sa propre chair, afin d'entrer dans sa nouvelle vie de souvenir. Cette chair, nous la voudrions encore, et cependant nous devons à présent la nier, l'escamoter, contre notre propre désir. Nous le savons, tout sera contenu, encadré dans ces formes que nous opposons aux substances, les corps dans les vêtements d'étoffe, le mort dans son vêtement de bois, le désespoir dans les limites habituelles de son expression.

Ainsi le mort doit faire son chemin comme de lui-même. Nous assurons la coordination de nos gestes par de simples coups d'œil, ou des consignes chuchotées. Suivi de Marie-Claude et de François, le cercueil vire dans l'angle étroit de l'escalier, où nous ne pouvons tenir de rang, descend dans la salle où la famille s'est rassemblée. Cela ne va pas sans difficultés, marches arrière, changements d'angles, petits chocs contre les murs. À un moment de ce passage délicat, le cercueil se retrouve presque à la verticale dans l'escalier. Il sort enfin devant la petite foule qui continue à attendre en silence sur la route et le suivra jusqu'à l'église.

La descente vers l'église paraît longue. La poignée de métal blesse un peu la main. Lucie était légère, pourtant.

Une fois la bière posée dans la nef minuscule, nous allons attendre dehors avec le gros des assistants. La famille et quelques proches ont pu seuls entrer. Les camarades de classe de Lucie se sont rassemblés sur le demi-cercle de bancs derrière l'autel, là où, gamins, nous aimions nous asseoir autrefois. François, les porteurs faisaient partie de la bande. On pouvait risquer quelques grimaces pendant que le curé nous tournait le dos pour s'adresser aux fidèles.

Il faut attendre, dans le froid, sous la neige qui tombe sans discontinuer à gros flocons méticuleusement dessinés. Le vent polaire perce l'étoffe des vêtements et le cuir des chaussures. De temps en temps, on effectue quelques pas discrets, on bat la semelle, et on reprend sa place.

★

La foule s'allonge en une colonne serrée, depuis les deux battants ouverts du porche jusque vers le haut du village, il est difficile de voir où exactement. Durant les deux heures de la cérémonie, ils resteront sans bouger, muets, travaillés par le vent. Le froid et l'immobilité réveillent la violence des visages que n'atténue plus la parole ou la préoccupation. Il arrive que cette violence frappe au passage, dans un village, sur une face qui se lève au-dessus de la bêche, se détourne de la conduite du tracteur pour identifier l'étranger. Elle peut saisir à l'entrée dans un café, lorsque les casquettes s'écartent du verre de pastis pour tourner vers le nouvel arrivant une masse épaisse, ligneuse et qui regarde. Mais aujourd'hui presque tous les visages du pays se tassent sur cet étroit espace. Ces physionomies comme secouées de désastres telluriques se perforent, s'effondrent, se gonflent, se soulèvent dans un silence d'astre mort.

J'identifie des traits sur lesquels parfois je ne peux pas mettre de nom, mais dont je sais qu'ils figurent sur le fichier mental des visages rencontrés. La figure du pays se compose aussi de l'accumulation de ces traits, dont la mémoire peut se perdre, mais qui tissent leur réseau dans l'inconscient. Enfant, alors que le sens des conversations m'échappait, et même leur nécessité, je les avais regardés, étonné de leurs excès, fasciné par la fantaisie et l'invention inépuisable de leurs configurations. Personne, parmi les adultes, ne semblait frappé par cette excessive dépense de formes, cette obscénité crue des faces dénudées comme des viandes, dans les conversations avares de mots et l'échange de la menue monnaie du sens réglé par les habitudes et les conventions. Ces masques disaient quelque chose qui ne pouvait s'articuler, mais résonnait beaucoup plus fort que la signification de nos paroles.

Lorsque mon père avait tourné son visage vers moi, vingt ans auparavant, sous les haies de ronces, cela s'était passé non loin de l'église, au départ du sentier quittant le village pour serpenter à flanc de montagne. C'était l'automne et nous ramassions ensemble les mûres. Rien d'excessif dans ce visage légèrement pâle, dans ces yeux gris-bleu, rien de ces rougeurs explosives ou de ces tans moresques, mais plutôt l'effacement de qui s'était accoutumé à exister comme un peu au-dessous du niveau moyen d'existence.

Je n'entends aucune de ses paroles. Ce qu'il a pu me confier ce jour-là se mêle avec d'autres éléments qui m'ont été rapportés par la suite, aux allusions rapides de la tante que je n'ai jamais eu le temps de creuser à fond. Il s'est construit une histoire, que je rapporte à ce moment précis aux quelques détails qui s'en sont fixés : son visage surmonté de ronces, sa voix. Son regard qui ne me lâchait pas. Il faudrait pouvoir restituer tout ce que cette voix et ce regard signifiaient, et pour cela il me faudrait mieux l'entendre d'ici. Mais je ne le peux plus. Je ne l'ai pas aidé. Ou peu. Quelques questions. Il a dû trouver seul son chemin dans ce qu'il avait à me dire.

Beaucoup de ces faces, aussi, dans la foule, me disent quelque chose, racontent un épisode insignifiant, ou comique, ou dur. Celle de Ragenet, un colosse chauve qui habite seul avec ses frères dans leur ferme, sur les crêtes au-delà des gorges, me dit leur irruption chez François et Marie-Claude un soir de réveillon, énormes, saouls et terriblement cordiaux ; l'effroyable remugle de lisier qui entre avec eux et empoigne aux narines ; leurs tentatives titubantes pour danser, trouver des cavalières qui se dérobent ; l'écroulement de l'aîné sur la massive cuisinière en fonte, qu'il faudrait se mettre à quatre pour bouger, mais son poids la fait reculer d'un mètre. Il paraît qu'ils sont beaucoup plus petits que leur père.

On reconnaît le visage osseux de Dédé. Il vient du village natal de Marie-Claude. Un teigneux, ainsi que ses fils, le coup de poing et le coup de fusil faciles. Mais ils accueillent de bon cœur le rare voyageur qui s'arrête devant la ferme, coincée entre la falaise et un mur de grange, pour admirer l'attraction locale. Même avec la lenteur qu'imposent aux véhicules l'étroitesse du passage et la présence d'un campement permanent de canards dépourvus d'empressement, on raterait, sans être prévenu, un détail saugrenu, et en même temps presque naturel dans ces lieux où toutes sortes d'animaux déambulent.

L'étable est attenante à la maison. Entre les barreaux de la fenêtre passe une tête : non un visage humain ou un mufle de bovin, mais une hure de sanglier. L'animal se chauffe familièrement au soleil. Son apparition à la fenêtre lui donne une vague allure de propriétaire, l'humanise, la grosse tête noire et bourrue semble appartenir à quelque prince de légende métamorphosé par magie. Jo, le fils aîné de

Dédé avait recueilli un marcassin égaré après la mort de la laie et réussi à l'apprivoiser. Pendant un temps, le sanglier errait librement, débarquait dans les villages, se frottait aux gens de rencontre, les bousculait de sa masse affectueuse. Puis on a interdit à Jo de garder sa bête. Au lieu de la remettre aux autorités, il l'a enfermée dans son étable. On va la caresser et recueillir, dans la manche, un peu de bave.

La face un peu écrasée de Lulu, barrée de grosses lunettes, est moins parlante que ses mains qu'il tient croisées devant lui. Les doigts de celle de gauche sont réduits à deux pinces atrophiées, séquelle vraisemblable d'une hérédité alcoolique. Lulu travaille sans relâche à se montrer digne de ses ascendants, délivrant à sa femme sa ration quotidienne de coups. Il n'y a guère de hameau, dans les environs, qui n'ait son Lulu avec ses pinces de crabe, ou son mongolien, ou son simple d'esprit, la parole rare et difficile, l'œil étroit. D'autres se contentent d'infirmités moins voyantes, ils sont sourds ou n'y voient presque pas, vous considèrent à travers des verres de lunettes épais, comme de derrière une fenêtre. Ils ont leurs noms, Zombie ou Bourguiba. Certains, lorsqu'ils peuvent travailler, abattent sans se plaindre une besogne de brute, par soumission, ou comme si cela les soulageait de quelque chose qui ne parvient pas à s'exprimer autrement qu'à grands coups de hache, de fourche, de marteau. Quelques-uns sont employés comme cantonniers par la commune. D'autres, comme Claudine, resteront enfermés leur vie durant, le passant ignorera tout de leur existence. Fauconde a le sien, Nanar. On voit passer Nanar, l'été, au milieu du village, dans sa tenue de combat. On l'aborde, il dit bonjour, une sorte de sourire se dessine sous ses petites moustaches, il reste là, sans rien dire d'autre, et puis retourne travailler.

À quelques kilomètres, juste sous le volcan, il y a un lieu-dit, quelques maisons sous des frênes, contre une butte qui les protège du vent des hauteurs. Les bâtisses sont mal réparées, toitures effondrées, restes de chaume, tôle sur de vieilles pierres. Autour, rien, l'herbe nue, coupée ici et là par d'impénétrables sapinières noires ou des bois abattus par les tempêtes, dont il ne reste que des amas d'ossements fracturés, comme des charniers de monstres décimés par un cataclysme. Lorsqu'on passe en voiture, parfois, on a à peine le temps d'apercevoir la face étrange qui se lève derrière un mur. On n'a pas pu détailler les traits. On se remémore des oreilles très décollées, une impression de difformité, on est déjà loin.

*

Le visage plus familier de Gustave m'évoque les derniers survivants de l'espèce des valets et des bergers. Eux aussi, à présent, sont presque tous morts. Le Beli, le frère aîné de Lulu, tout en os et en moustaches, aussi aiguisé que le couteau qu'il m'avait sorti, affolé à la vue de quelques filles qu'il fallait bien l'empêcher d'approcher de trop près. L'Antonin, massif et lent, racontant de lentes histoires sous son parapluie aussi noir que le ciel, bien droit sur la pente de la montagne éraillée de pluie.

Les survivants ne disent plus rien, perdus de vin, ou effondrés de l'intérieur, la charpente osseuse écrasée par les centaines de tonnes de foin levées sur les charrettes, balancées dans les granges.

Le valet est ombrageux et débonnaire, plus sensible qu'un autre peut-être aux marques de politesse, et le vin réveille en lui plutôt la susceptibilité que la méchanceté. Le valet n'a jamais rien eu à lui, ni maison ni meubles. Il arrive nu dans ses vieux jours. Il n'évoque pas avec beaucoup de nostalgie son enfance de domestique, où souvent ne manquent pas les corrections à coups de galoche, les nuits dans la paille de l'écurie. Le bon souvenir et le bon maître lui ont toutefois laissé mémoire de quelques douceurs, qui se mesurent en vin, en tabac, parfois en jambon.

On ne sait même pas quoi faire du valet mort. Nulle part où l'enterrer. Eût-il vécu et travaillé quarante ans dans le même village, le cimetière, a priori, n'a pas de place pour lui. Avant Gustave, François employait un vieux journalier surnommé Juquette. Un après-midi, ils partent faner tous les deux, dans les prés autour du hameau de Marie-Claude. François rentre le foin dans la grange qu'il possède là-haut, et où il nous arrive encore aujourd'hui de travailler avec lui. L'endroit est isolé, et plus encore à l'époque, où certaines routes n'avaient pas été ouvertes. Il fallait faire un circuit de presque dix kilomètres, passant par la commune, pour une distance de deux kilomètres à vol d'oiseau. En fin d'après-midi, le maire voit arriver François, l'air contrarié ; qui lui confie qu'il est arrivé quelque chose à Juquette. Quelque chose? Il est tombé dans la grange. Pas tombé au sens de je fais un faux pas et je roule au bas de la remorque. Tombé de son haut, sans prévenir, sans raison apparente. Et tout à fait mort. C'est ennuyeux: s'il est mort là-haut, observe judicieusement le maire, il faut appeler une ambulance ou les pompiers. Ils le descendront. Ils le descendront, oui, dit François, et puis après, une fois que Juquette sera dans la vallée, qu'est-ce qu'ils vont en faire? Où est-ce qu'ils le mettront? Ils vont l'escamoter, le fourrer dans des sépultures à tout le monde, au chef-lieu, et personne n'ira. Juquette est d'ici. Certes, mais le maire ne voit pas bien quoi faire d'autre. À quoi François rétorque qu'il faudrait le monter au village pour l'y enterrer. On lui trouverait bien une petite place. Malheureusement, déplore le maire, ce n'est pas possible. L'ambulance n'acceptera jamais de ramener le cadavre à Fauconde, puisque Juquette n'y est pas domicilié. François glisse que, justement, il n'a pas laissé Juquette là-haut. Il l'a mis dans la voiture. Juquette, en ce moment même, attend, à la place du mort (c'est le cas de le dire), dans la R8 garée devant la mairie. Il vaudrait mieux d'ailleurs ne pas perdre de temps pour l'emmener au village, une fois qu'il sera raide on aura du mal à l'extraire. Sur quoi, le maire sort avec François, s'installe dans la R8 derrière Juquette qui, un peu tassé contre la vitre, la casquette sur l'œil, a l'air de cuver; on monte, on trouve un coin de cimetière pour y caser Juquette, *de profundis*, etc. C'est ainsi que Juquette, à défaut de demeure dans la vie, a tout de même fini par trouver la dernière. Il est par là, tranquille, parmi l'herbe, j'ignore où au juste, mais pas bien loin de toute façon. Tout à l'heure, nous passerons à côté de lui.

Félix parlait encore de son adolescence de domestique, autrefois. Il évoquait le peu de nourriture et de respect, le coucher dans l'étable avec les bêtes. À présent il ne parle plus du tout, sinon par borborygmes, l'attention mobilisée par les progrès de son effondrement. Mon cousin Armand sera son dernier maître, et ce maître le sert, le dorlote, verse tout le vin qu'il veut, lui passe toutes les cigarettes qu'il réclame. Il n'y a plus de limite aux plaisirs de Félix, plus de servitude que nominale, et presque plus de Félix. Ils vivent ensemble, tout seuls, les derniers eux aussi dans leur village avec leurs cinq chèvres. J'aime Armand sans le connaître, je lui écris au Jour de l'an, je n'ai pas toujours le courage de descendre le voir.

Quelqu'un les a photographiés et en a tiré une carte postale en noir blanc. Armand et Félix se font face de part et d'autre d'une vieille porte d'écurie en bois. On aperçoit un pan de mur en basalte. Ils ne se regardent pas. Leurs regards se détournent de l'objectif pour se perdre dans des directions opposées. Tous deux ont un bout de cigarette au coin des lèvres, le demi-sourire de qui veut bien se prêter aux simagrées photographiques tout en laissant entendre poliment qu'il s'en fout. Armand tient d'une main l'un de ses chevreaux. Il en impose avec sa corpulence, mais des deux, c'est Félix, le petit maigre, qui incarne de la manière la plus convaincante l'authentique paysan auvergnat, celui dont a du mal à croire en le voyant sur les cartes postales qu'il existe vraiment et qu'il ne s'est pas costumé pour la circonstance : le visage sec et buriné, le gros nez tombant sur la moustache grise, la casquette sur les yeux, la veste de toile épaisse passée sur les deux chandails. Il garde des chèvres depuis cinquante ans dans des broussailles, il vit seul avec son patron dans un hameau qui tombe en ruines, et il est né à Paris, d'où il est venu, on ne sait pourquoi, peut-être à cause de la guerre.

Lorsqu'on va les voir, Félix s'assoit, boit le verre de rouge qu'Armand lui sert après avoir débouché le litre étoilé, se roule une cigarette pendant que le patron ouvre la trappe de la cave, au beau milieu de la pièce, et descend par l'échelle tâter les fromages de chèvre qu'il va offrir. Sa moustache est jaunie de tabac. Il se montre à la fois effacé et sensible aux marques de politesse. Il aime les enfants, veut les voir approcher. Armand parle de lui sans se soucier d'être entendu, Félix est sourd, répond à côté, suit son idée. Armand évoque avec une tendresse voilée d'ironie les douleurs de Félix, qui progressivement cesse de pouvoir bouger. Il a trop travaillé. Félix raconte des coups et de grandes faims d'il y a quarante ans, qu'il a encore au ventre et dans les membres ; c'était avant qu'Armand ne le recueille.

Autrefois, lorsqu'on descendait, il y avait encore la mère, c'est elle qui versait le vin. Une forte femme, assez discrète, assez plaintive pour que le néophyte n'aperçoive pas sa rudesse : une femme comme elles sont ici. Elle a baissé doucement, tassée dans un fauteuil, et puis est morte. On l'a enterrée dans le cimetière de la commune, Saint-Étienne, au faîte d'une petite montagne isolée. À l'époque, on devait monter les cercueils à pied par un chemin en lacets, sur un kilomètre. Pour les obsèques de la mère d'Armand, les porteurs ont souffert.

*

Le cimetière de Saint-Étienne est le double de celui de Bessèges, qu'on aurait placé en altitude. J'y retourne parfois. Depuis Fauconde, on suit une étroite langue de collines qui va s'étrécissant et descendant. Parfois, le passage entre les deux gorges ne fait pas plus de deux ou trois mètres. Croupes sèches, landes à bruyères où se détachent des pins solitaires, et puis, sur la fin, plantations plus récentes grignotant d'antiques bois de chênes, rochers, broussailles. Le cimetière occupe l'extrémité de ce déroulement de crêtes, sur un étroit espace de quelques mètres carrés entouré de vide. Il faut pousser la grille noire, suivre un passage creusé dans le schiste, et l'on débouche sur le terre-plein entouré d'un mur de pierres sèches. Les sépultures sont là, très pauvres, semées des mêmes ornements de verre coloré qu'à Bessèges. Tout autour, sous le ciel, s'appesantissent des montagnes érodées, pelées, des falaises de basalte violacées. Le sentier en lacets vient d'être élargi. Les morts bénéficient désormais du confort automobile.

On ne distingue pas bien ce qui est tombe et ce qui ne l'est pas. Les plus anciennes sépultures ont été creusées à même la terre, et l'on a planté là une stèle grossière de basalte. L'inscription des noms en est à peu près effacée par la pluie et la croissance des lichens gris. Il pousse des mousserons, des fleurs sauvages, de quoi faire des bouquets et des omelettes à saveur funèbre. Parfois, rien, pas de stèle ni d'inscription. Sur quoi marche-t-on ? Toutes limites effacées, les morts sont partout et nulle part, on ne respecte rien et on respecte tout.

Dans les coins, des croix de métal rouillées sont tombées, ou reposent de biais contre le mur. Un ange au visage dévoré est ligoté par un liseron. On dirait une brocante d'artisanat funéraire. Ici ou là, quelque chose retient, attire, on ne sait pas quoi d'abord. C'est, enfouie dans l'herbe, l'expression d'une face de métal, bientôt rendue invisible par l'usure, qui saisit par sa beauté. De temps à autre doit bien arriver ici un défunt tout neuf, un débutant de la mort. Mais on n'en aperçoit guère d'indice. Aussitôt l'invincible vieillesse des lieux l'absorbe. Aucun lieu, peut-être, n'incarne mieux l'effacement de l'être individuel, aperçu, une dernière fois, à l'instant précis où se perd sa trace, comme une ombre avalée par un coin de rue.

Comme dans tous les cimetières du coin, celui de Bessèges, celui de Fauconde, on retrouve le même petit nombre de patronymes, souvent répétés sur différentes tombes, parfois avec un identique prénom. On dirait que le pays ne cesse depuis des lustres d'inhumer et de réinhumer inlassablement les mêmes défunts.

Ainsi qu'à Bessèges, certaines sépultures sont protégées, à Saint-Étienne, par de petites toitures circulaires en zinc, comme on abriterait des poules ou une remise à outils. Au-dessous de ces édifices rudimentaires repose une quincaillerie dévote et naïve, une exposition permanente de dentelle et de macramé sépulcral: cœurs en émail entourés d'une guipure de fer, marguerites en plastique de facture plus récente, pierres gravées carrément modernistes, où le défunt est représenté à bord de son tracteur. Couronnes et bouquets dont la structure en fil de fer soutient de fines compositions de perles de verre aux couleurs noircies. Des statuettes sont entièrement emmaillotées de ces petites perles. On a mis ces délicats paletots au bon Dieu comme d'autres protègent leur cher caniche avec un gilet tricoté. Les ornements funéraires coûtaient cher, et certains d'entre eux ont été bricolés avec des pièces de récupération. Deux tuyaux de plomb croisés et soudés font une croix.

Tout ce rafistolage archaïque et dévot fait songer à ces églises de pueblos indiens où les statues bariolées de saints ressemblent à des effigies de dieux zapotèques. Ici ou là, les formules habituelles, «À ma mère», «Je ne t'oublierai jamais», ou «Lorsque tu passeras, fauvette, chante-lui ta plus belle chanson». Et ces christs agonisent, ces vierges pleurent, ces regrets éternels s'exhalent sans fin, parmi les montagnes distraites, dans un absolu silence, coupé parfois par une rapide agitation de bêtes, au fond des broussailles environnantes.

Lorsqu'on va marcher sur les crêtes désertiques, vers le cimetière de Saint-Étienne, il faut parvenir à un point précis pour apercevoir, entre les ronces et les genêts, les toits éboulés du hameau, recueilli dans ses arbres profonds. On dirait que, survolant une jungle en avion, on découvre les ruines d'habitations archaïques. Ils sont là, tout au fond, Armand et Félix. Sur les chemins noirs que plus personne n'emprunte pour y descendre, il arrive que l'on croise de grands serpents d'une espèce qui ne se voit pas ailleurs.

*

Gustave, comme Félix, comme le Beli, n'a pas d'enfant. Un jour, lui aussi a dû enterrer la vieille femme pour qui il en avait été un, avant qu'elle ne confie au maître cette enfance vite effacée par l'alcool et le labeur. Il montrait déjà le même visage boursouflé par le vin, ce jour où disparut la seule mémoire de l'improbable petit garçon à la peau fraîche, aux yeux grand ouverts. Il ne restera bientôt plus trace des valets. Leur force et leurs travaux énormes n'appartiennent plus à notre monde, leur tombe ne signifiera rien.

Plus que le visage de Gustave dans la foule qui reçoit la neige, il faudrait voir ses mains. Elles sont démesurées, dans l'épaisseur plus encore que dans la largeur. Comme chez tous les hommes ici, leur texture drue est entamée par de vieilles cicatrices, des profondeurs desquelles l'ombre de la terre et la poussière des granges ne sortiront plus. Aux doigts manquent les dernières phalanges. Ici et là, des espèces d'ongles rudimentaires ont repoussé.

Gustave prend des cuites mémorables. Au stade terminal, il roule dans un coin. On le prend à deux, un aux pieds, un à la tête, on le ramène.

L'histoire de ses mains remonte à quelques hivers. Une année de gel et de neige. Gustave, ivre mort, titubant dans le village, a dérivé lentement en dehors du cercle de maisons où quelqu'un aurait pu le ramasser. Il est allé s'effondrer dans les champs, au beau milieu d'une congère. Avant de perdre connaissance, il a tenté de se relever en se tenant aux barbelés. Ses mains se sont crispées sur le fil de fer. Il est resté inconscient quelques heures, par plusieurs degrés au-dessous de zéro, paquet de hardes durcies, supplicié poivrot accroché aux fourches patibulaires. Lorsqu'il s'est réveillé, la peau de ses doigts collait aux fils de métal gelés. Il les a détachés et il est allé se coucher, un peu avant l'aube. Ses doigts n'ont pas tardé à noircir. Un ami ivrogne, qui connaissait des recettes, leur a appliqué des cataplasmes de moutarde. Gustave a gémi sous la brûlure. Les phalanges sont tombées comme des fruits mûrs. L'une s'est détachée un jour que Gustave se promenait dans le village. Il l'a ramassée et l'a remise dans la poche de sa veste, comme s'il s'agissait d'une pièce de monnaie. Avec les primes payées par les assurances que le maire lui a souscrites pour la circonstance, Gustave a pu s'acheter la petite maison qu'il n'avait jamais possédée. Il l'a payée de ses doigts.

Dans la foule sur laquelle la neige tombera deux heures durant se côtoient les visages connus, les visages inconnus, les visages évocateurs de souvenirs que l'on croyait perdus. Il n'étonnerait pas d'y reconnaître les morts, de même qu'il y a des années, dans le métro, j'ai cru apercevoir mon père sur le quai en face du mien. Je le vis d'abord sans étonnement, l'évidence de sa présence recouvrant un instant celle de sa mort, avant qu'une rame ne vînt masquer le quai pour me le restituer désert. Cette sensation de familiarité archaïque que j'éprouve devant certaines têtes, ce déjà-vu sans véritable reconnaissance, est-ce que cela ne provient pas de visages disparus, jamais vus peut-être, ou juste sur de vieilles photographies, dans le buffet, sur lesquelles posent des aïeules dont tout le monde a oublié le nom? Leurs vêtements seraient juste un peu plus terreux, leurs faces un peu plus écrasées et leurs yeux plus troubles, comme ceux des bêtes crevées dans les fossés. On ne s'apercevrait pas que les morts, eux aussi, ont tenu à revenir de leur lointain exil pour se mêler incognito à la cérémonie.

S'y joindrait, plus timide, plus discrète, pour ne choquer personne, la longue colonne des suppliciés, ceux dont nous n'avons aperçu, émergeant du linceul, que le visage livide, soigneusement arrangé pour masquer les ecchymoses, les blessures, les crispations de la terreur et d'une souffrance qui n'entre pas dans l'imagination. La terre et les machines qui travaillent pour elle se montrent aussi inventives dans les supplices que les potentats antiques et les juges médiévaux. Derrière les arbres, au coin d'un pan de mur, certains tâcheraient de dissimuler leurs ventres ouverts par les cornes du taureau. Ceux que leur botteleuse a écorchés vifs traîneraient avec gêne, derrière leurs talons, les plis encombrants de leur peau vide. Ceux que le tourniquet du tracteur a happés par la manche, tirés vers sa gueule comme un dieu inexorable, et déchiquetés tour après tour, tâcheraient maladroitement de rassembler leur morceaux dispersés. De même les écrasés, les ébouillantés, les énucléés, ceux qui se pendirent d'ennui, ceux qui se firent sauter la tête d'un coup de fusil après avoir moissonné leurs propres enfants dissimulés dans les blés, ceux que la tronçonneuse ou la scie électrique a mutilés et qui cherchèrent secours, la cuisse ou le bras à demi détaché du corps, laissant un sillage de sang noir, paquet de rois et de valets sciés dont nous abattons, coupons et surcoupons chaque soir, à la belote, les effigies sereines, afin qu'ils ne soient pas tout à fait exclus du jeu, exilés de la douceur de vivre ici.

Gustave croit-il ce que le haut-parleur de fortune installé à l'extérieur de l'église nous restitue des paroles du prêtre? Croit-il réellement que le Christ est mort pour lui, rien que pour lui, Gustave? Après tout, le Christ aussi a eu mal aux mains. Quel Gustave éternel sera-t-il? Retrouvera-t-il ses doigts, au jour du Jugement? Jouera-t-il de la lyre en casquette et veste de toile? Verra-t-on se reformer le mince jeune homme d'il y a quarante ans, vin et pastis miraculeusement effacés? Existe-t-il une essence de Gustave sans alcool? Croyons-nous, tous, qu'il nous attend, le Christ, qu'il nous accueillera avec une bouteille de guignolet kirsch, et qu'il y aura une bûche de fayard dans la cheminée? Entrerons-nous dans l'amour divin avec nos auréoles sous les bras?

avec nos haleines et nos odeurs de pieds, nos corps peu glorieux, nos lâchetés? Le Seigneur sait-Il au moins jouer à la belote? Fait-Il l'impasse quand Il a l'as? N'est-Il pas trop vertueux pour les plaisirs de la triche?

L'éternité nous paraît bien étrangère, et bien abstraite. «Lucie est au ciel», répétons-nous aux enfants depuis deux jours. «Nous la reverrons», confirme le curé, comme tous les curés. Que reverrons-nous au juste? On voudrait l'éternité avec le temps. Il nous faut ce qui passe et nous redoutons que cela passe. Le Seigneur comprendra-t-Il? Il n'est jamais là, celui qui comprendrait.

*

Ces visages que le froid colorie violemment, sous les casquettes, beaucoup ont été sculptés par l'alcool, ces corps fabriqués par lui ou démembrés par lui. L'alcool préside aux besognes du fer, de la pierre, du bois, de la corne. Il tuméfie les faces, cogne les épouses, ruine les exploitations, déforme les membres, ourdit les accidents. Lui, et lui seul. Ceux qui lui ont vendu leur âme ne sont plus que l'alcool, le corps provisoire et titubant de l'alcool. Il travaille au lent retour vers la confusion des formes, vers les créatures du chaos, il fabrique des succédanés de titans.

On parcourt le territoire d'une mauvaise plaisanterie mythologique, la parodie grinçante des puissances originelles. Cet attelage impressionnant que vous avez croisé sur la route était mené par Jupiter en personne, torse nu, maîtrisant avec facilité la puissance du monstre grondant qui tire son char, on reconnaît sa barbe, sa musculature et son regard étincelant. Derrière lui, juché sur l'amoncellement de barres odorantes qui brillent au soleil, massif et brut, Vulcain vous considère. Plus tard, on trouvera Vulcain trébuchant, la parole empâtée, un peu d'écume sèche au coin des lèvres.

Rares sont les maisons où l'alcool n'a pas ses victimes, ses esclaves. Il y a ceux qu'il a ruinés, ceux qu'il a mutilés. Les couples défaits, les fortunes dispersées, les professions abandonnées. Ce jeune homme de trente ans, intelligent, doué, et qui a dû être assez beau ne conduit plus sans embarquer son petit fût de mauvais vin dans la voiture : le voici métamorphosé en polichinelle bouffi et violacé, comme s'il portait un masque monstrueux, ou qu'un démon facétieux lui avait soufflé les vapeurs éthyliques à l'intérieur de la peau. Il y a perdu son métier et se retrouve cantonnier.

L'alcool est entré dans le sang, il engendre, il fait partie de la famille, on reconnaît ses traits dans le visage des enfants. Il prescrit les destins, on se conforme à ses impératifs, avec fatalisme, sans en retirer de plaisir ni d'oubli véritable. Il s'agit d'autre chose, avec l'alcool.

Nulle grandeur d'ailleurs, nulle tragédie dans cet acharnement. Les histoires d'alcool appartiennent au registre comique. C'est pourquoi il est difficile d'en dire du mal. Les plaisirs qu'il donne sont de toutes espèces, parfois subtils, parfois brutaux. Il réchauffe, il aide à parler, anime les conversations, leur donne une matière, crée des complicités, solennise les transactions, dénoue la méfiance, soutient la vie sociale. Il marque tous les moments de la vie, tout ce qui assure l'être humain dans son humanité et l'homme dans sa virilité. C'est un petit dieu rieur et familier.

Les hommes seuls lui rendent un culte. Aucune femme ne boit jamais, ici, ou presque, à part certaines petites filles ou quelques vieilles isolées dans leurs villages morts. La plupart, prétextant n'en pas avoir le goût, refuseront obstinément le verre de vin, de muscat ou de porto que l'on propose avec insistance. À l'heure rituelle de l'apéritif, où les hommes se réunissent autour de la table, elles ne s'assiéront même pas, soit qu'elles servent, soit qu'elles vaquent à d'autres occupations. Cela fait partie d'une forme persistante de distinction des sexes. Chacun son type de travail et son lieu.

Parfois, à certains élus, l'alcool révèle son autre face, inquiétante et grimaçante. Alors, on ne peut plus que lui obéir, et l'on se rend compte qu'on ne connaissait rien de sa nature. Ce père tyrannique ne se contente pas de manipuler ses enfants comme des marionnettes, il veut des enfants grotesques, dont la ruine fera rire, dont la misère s'accompagnera d'opprobre. Et il les maintient de force dans l'état d'enfance, on dirait qu'ils doivent réapprendre à marcher, à parler. Gustave est au village son rejeton préféré, le plus doué, le plus assidu. Parfois, dans son enfance éthylique, il va jusqu'à souiller ses culottes, comme un nourrisson. Il se tient debout derrière la table, à peine oscillant, encourageant les joueurs de cartes qui n'ont pas le cœur de le jeter dehors, souriant, content et pestilentiel. D'autres fois, il fait preuve d'une naïveté de tout petit. C'est ainsi qu'une nuit, on parvint à le convaincre de l'existence d'un animal sauvage appelé dahu, à le lui faire chasser, à lui faire croire que le gibier était entré dans le sac qu'on lui avait recommandé de bien tenir ouvert. Mais le dahu s'était sauvé. Gustave le regrette encore.

Celui qui a réussi à échapper à l'alcool n'est jamais certain qu'il ne devra pas un jour acquitter ce qu'il doit. L'alcool se paiera sur la tranquillité espérée de ses vieux jours, se vengera sur ses enfants. Comme par jalousie, l'alcool s'ingénie à détruire le prestige de toute autre paternité que la sienne. Le petit enfant voit son père, pris au collet par la poigne de l'alcool, la jambe incertaine, la tête basse, la parole confuse, traîné de la porte à l'arbre, de l'arbre au tas de fumier, du tas de fumier au tas de bois, sans but et sans répit. Il regarde cette scène incompréhensible, et lui-même, plus tard, reprendra le même outrageant fardeau, dans la même incompréhension.

L'alcool s'est révélé à lui, pourtant cette révélation ne correspond à rien qui se puisse nommer clairement. Qu'a-t-il vu au juste, ou pressenti? Pourquoi boire jusqu'à se détruire? Le don de soi à l'alcool ressemble un peu à l'abandon des grands mystiques, qui renoncent à la santé, à l'amour humain, à la famille, à la vie, aux plaisirs pour s'enfoncer toujours plus loin dans les affres et les joies de la vie unitive. Après tout, pourquoi n'y aurait-il pas des Illuminés du Ricard, des Croyants du blanc cassis? Mais au renoncement et à l'humiliation des saints, le dévot de l'alcool ajoute le dérisoire et le manque de sérieux, pousse tellement loin le sacrifice que ça n'a plus rien à voir avec un sacrifice.

Celui qui s'est remis entre les mains de l'alcool atteint, dirait-on, un lieu en deçà de tout, au-dessous de lui-même. Là, plus rien qui résiste. Cela veut se perpétuer, cela glisse de soi-même sur une surface dépourvue d'aspérités. Le temps même n'existe pas, on n'est pas encore tout à fait. On est *avant*: avant que quelque chose arrive, avant sa propre naissance. On a toujours pensé que cela pouvait exister, on ne savait comment y aller. L'alcool trouve la voie. Les chutes et les malheurs, les coups et les accidents peuvent bien se produire, on demeure là où ça n'arrive pas encore. Et la vie se déroule comme un défilé de figures sans épaisseur. Alors, on peut l'endurer.

Il faudrait relater la légende vermeille du pinard, avec ses scènes bizarres, ses exploits, ses sauvetages *in extremis*, ses records surhumains, ses apophtegmes soulographiques: les voitures pliées, retournées, pendues aux arbres, et l'ivrogne hilare, ou endormi, souvent indemne; la voiture du boulanger ivre mort parcourant cinquante mètres hésitants avant de se planter dans une congère, le boulanger au volant incapable de faire un seul geste de plus, passer la marche arrière, ou s'extraire de la voiture; Antoine à l'hôpital pour une opération orthopédique, dissimulant des litres de rouge sous son lit; François et Ritou, un jour de fête, ayant comploté de saouler une Hollandaise de passage qui aimait le vin, trouvant une résistance inattendue, s'acharnant, et pour finir les trois affalés ensemble dans le four banal, aussi ivres les uns que les autres; le fils d'un garagiste du bourg, commerçant prospère de quarante ans, qui n'était plus revenu au village depuis des années, montant voir ses vieux amis : il passe deux jours à boire, est hébergé chez un camarade, se relève en pleine nuit, compisse, perdu de vin, la maison de ses hôtes, se fait surprendre en pleine action, le membre encore dans l'évier plein de vaisselle, est foutu dehors, passe la nuit effondré dans sa voiture de luxe au beau milieu du village, pour être enfin ramassé au matin, déchet hébété, par son vieux père qui a dû faire les trente kilomètres de route pour venir le chercher; mon frère remontant la nuit d'une fête trop arrosée avec des amis, incapable d'allumer les phares de sa voiture, et tous tentant d'y remédier, dans leur délire éthylique, en collant sur le capot des bougies en cire. Mon frère encore, un jour de beuverie où il avait un peu de mal à se tenir, que deux acolytes prennent à la tête et aux jambes comme pour parodier certaines fins de journée de Gustave : mais au lieu d'aller le coucher, ils le glissent de force dans une grande poubelle à roulette, referment le capot qu'ils bloquent avec un morceau de bois et lancent le bolide dans la rue en pente du village. La poubelle remplie de frère saoul dévale et va se fracasser contre le mur d'une grange.

Le Jour de l'an porte à leur comble les libations. Le réveillon n'occupe ici qu'une place secondaire, et constitue une sorte d'échauffement. C'est le lendemain que se déroulent les affaires importantes. Il faut se montrer très fort, déployer une stratégie consommée d'ivrogne pour résister à la tradition du Jour de l'an. Chacun va souhaiter la bonne année dans chacune des neuf maisons habitées, et reçoit donc à son tour un représentant de chaque maison chez lui. Naguère, il fallait compter douze maisons, parfois visitées à deux reprises, invitées et réinvitées, du matin jusqu'au soir, honorées au canon de blanc, au canon de rouge, au muscadet, au pastis, au banyuls, la goutte en prime. Le verre, rempli sans laisser place pour la moindre larme, dès qu'il avoue sa vacuité est à nouveau comblé en dépit des doigts qui feignent d'en interdire l'accès. On tente de tenir en faisant durer le plus longtemps possible la consommation, en épongeant avec force gâteaux secs, madeleines, gaufrettes ou chocolats. À chacun ses ruses ou ses astuces. Il y a les théoriciens, les tenants du rouge, les sectateurs du Ricard, ceux d'après lesquels tel ordre dans le mélange est moins nocif que son inverse. L'exposé des thèses meuble les longs moments qu'il faut bien passer pour ne pas avaler trop vite, une fois épuisé le thème de l'année supplémentaire qui vient de s'écouler on ne sait trop comment. On se saoule en développant les démonstrations des meilleurs manières de ne pas se saouler. Leur sérieux, dont personne n'est dupe, sert par contraste à relancer d'inépuisables plaisanteries sur les fatales défaites des plus subtiles stratégies.

À la fin de la journée, un trait d'eau de Cologne traîtreusement ajouté a parfois épicé l'amitié d'un peu de plaisanterie. Certains, j'en suis, ont abandonné des lambeaux de leur mémoire dans les débandades mentales qui ont suivi. Tenter de tenir fait partie du jeu. On sort des maisons ivre de convivialité, les artères chargées d'une humanité resserrée autour de la chaleur de la cuisinière et de l'alcool, portée à l'incandescence par le ressassement des paroles. Il neige. La montagne nous considère avec ironie. On s'engouffre dans une autre maison.

La journée se passe ainsi. Le soir tombe vite. On continue. Qui arriverait vers six heures, juste avant la traite, se trouverait au milieu d'un village peuplé d'ombres zigzagantes, entrant parfois dans la lumière avare des deux réverbères, retournant à la nuit de la même démarche incertaine, absorbées par on ne sait quelles préoccupations. Il verrait parfois l'une des ombres glisser à terre, se relever difficilement en grognant ou en pouffant, reprendre son chemin, buter sur des pierres invisibles. Pour la peuplade falote qui habite ce village, le monde se compose d'obstacles innombrables, le temps tourne en rond. Certaines des ombres ont trébuché sur des cordes à linge, des murets, des mottes de terre, sur rien. Elles restent à terre, bras écartés. D'autres passent un temps infini à tenter de grimper la même marche pour monter à leur chambre, convaincus de se livrer à une interminable ascension, perdus dans le cauchemar d'une architecture piranésienne réduite et concentrée à ce seul fragment d'escalier.

Mais certaines années, miracle, les morts se réveillent au souper, bal improvisé levé chez l'un, dans la trop grande salle à manger qui ne sert d'ordinaire qu'à garder les pots de fleurs et les caisses de vin, vin qui ne plombe plus mais rallume les rires, accordéon, grosses dames virevoltant au bras de cavaliers en casquette oublieux des blessures et des boiteries, aériennes charentaises, lévitation de blouses, plus rien ne subsiste de la lourdeur des démarches et des corps, Antoine et Adrienne qui ne se parlent plus que par sarcasmes tout à coup forment sur la piste un couple parfaitement accordé, plus rapide, plus précis, moins vite essoufflé que les acrobates disco de *Saturday night fever*: d'où surgissent cette élégance dans la polka, ces bourrées en suspension?

Prestige évanoui dès le lendemain, comme la robe et le carrosse de Cendrillon. Demeure l'inaltérable gueule de bois sous l'averse de neige fondante; princes et fées trébuchent dans la gadoue, et le bâton dans leur main n'a rien de magique.

*

Les mains qui pendent inertes, ou qui se fourrent dans les poches, embarrassées de ne pas tenir d'outil ou de verre, montrent une texture durcie, des ongles détruits, une chair façonnée comme celle des visages par le froid, le vent, le vin. Ces mains ont, chaque jour, année après année, été écrasées par le fer, écorchées par le bois, rongées par les tonnes de merde remuée.

Il faut entrer dans les étables, l'hiver, pour s'en rendre compte. Mais dès le printemps l'évidence sort, s'étale, s'accroît, prolifère: on est au pays de la merde. Présence familière, tellement intime qu'on n'y prête plus même attention. L'été, les vaches, au milieu du village, s'arrêtent, lèvent la queue, lâchent d'un air distrait d'interminables jets d'urine, des paquets de guano ténébreux. L'impact éclabousse tout dans un rayon d'un mètre cinquante. Celui qui n'a pas su se garer se retrouve embrené jusqu'aux genoux. Les murets de pierre, les maisons, les engins agricoles, les rochers sont copieusement conchiés. Il y en a partout. Les mouches mêmes qui pointillent chaque portion d'espace en paraissent des fragments vivants et ailés.

La maison est placée au carrefour principal du village, c'est-à-dire à un croisement de venelles boueuses parcourues tout au long de la journée par les troupeaux, les tracteurs attelés de tombereaux, et des population mouvantes, instables, de chats, de chiens, de canards, de poules ou d'oies. Le revêtement écorché, défoncé, comblé de bouse, finit par devenir un indistinct composé de bitume et d'excréments de toutes espèces.

Les vieilles étables qui accueillent peu de vaches ne dégagent pas d'odeurs repoussantes. Le fumier y sent bon, c'est un parfum d'herbe, densifié et comme intériorisé, relevé d'épices, agrémenté de notes profondes. Dans certaines étables plus peuplées, mais encore bâties à l'ancienne, le séjour s'avère parfois délicat. La nôtre est située sous la grange, et forme une sorte de sous-sol dans l'ensemble de bâtiments agricoles disposés à angle droit par rapport aux deux maisons. Il faut descendre un raidillon, passer sous une porte assez basse, au coin du tombereau. C'est un des lieux du monde qui m'est le plus familier, un de ceux, aussi, que je préfère.

Les dalles qui mènent à cette entrée sont généralement bien conchiées. L'étable est disposée tout en longueur, mais pas dans le prolongement de l'entrée. Elle s'enfonce vers la droite. Elle est aussi dépourvue de fenêtre. Qui entre lorsque les lieux sont vides d'animaux n'y voit d'abord que du noir. L'odeur assaille d'autant plus violemment, fumet acide et rongeant, qui empoigne, qui révolte, qui bouleverse l'âme. Juste à droite de l'entrée stagne le marigot de merde et d'urine dans lequel, tout enfant, je suis tombé, vêtu d'un impeccable tablier blanc. Les stalles des vaches sont disposées de part et d'autre, dans la longueur. Les bouses tombent dans une rase qu'on nettoie régulièrement. Y tombent aussi, lors des naissances de bêtes, les eaux et les poches placentaires, amas roses veinés de rouge que les chiens dévorent.

Il nous est arrivé d'aider à l'accouchement d'une bête, d'attacher à une corde les deux pieds du veau qui ne veut pas sortir, de tirer tout en pataugeant dans le purin; surgit d'un coup, dans un jaillissement de déjections, une masse brune, glaireuse, repliée comme une larve d'insecte géant.

Plus loin, les enclos des veaux nouveau-nés, et tout au fond, dans une pénombre voilée de poussière, un tas indistinct de foin et d'on ne sait quoi, peuplé de tribus de poules et de chats. C'est le déversoir des toilettes de fortune installées au-dessus, dans le garage. Ceux qui s'y aventurent encore défèquent sur la volaille. Parfois celle-ci quitte son quartier général, se disperse dans un émiettement de plumes crottées.

Une grande partie de l'activité agricole est consacrée à la merde. Elle est produite en quantités si impressionnantes qu'on ne sait plus quoi en faire. Il suffit de se promener tôt le matin dans le village, à la belle saison, après le départ des bêtes aux pâturages. Ici et là, des hommes, dans des coins, à la sortie des étables, bottes aux pieds, pelle au poing, remuent des dizaines de kilogrammes de pâte sombre et méphitique, indistinct composé d'urine, de paille, de crotte, de sang parfois. La fiente colle aux bottes, aux vêtements, ronge les doigts, s'incruste dans les crevasses des mains. On racle le sol de l'écurie, on pousse dehors les paquets de fèces, on les transporte à la brouette sur un tas ou on les jette dans un tombereau dont on ira ensuite disperser le contenu dans les prés. Mais on ne peut pas toujours tout écouler. Il faut construire des fosses à purin, ou bien le laisser s'accumuler derrière un angle de bâtiment.

Un tas de fumier marque l'entrée du village, juste devant le cimetière : celui d'Hubert. François, pour sa part, en possède plusieurs, d'une richesse et d'une ancienneté remarquables. Des herbes, des plantes y poussent. Des régions solidifiées ont gagné sur le magma profond. On peut marcher sur certaines parties du tas le plus ancien sans craindre l'ensevelissement. Pour aller cueillir des griottes, on se fraye ainsi un chemin dans une savane de fumier préhistorique. En revanche, le tas qui obstrue tout le passage en contrebas de chez François est plus recueilli, plus funèbre.

La grande idole des mouches, la déesse fiente règne dans l'immanence. Ses avatars sont multiples, aux fragrances variées. Elle se manifeste volontiers sous la forme de la bouse fraîche, tas grossièrement circulaire, brun foncé, décrivant une spirale de plis autour d'une dépression centrale, de manière à former un maelström merdeux, figé dans sa propre puanteur. Par centaines, ces mines attendent leurs victimes, disséminées tout au long des routes, accumulées dans les chemins où les feuilles et les herbes courbent vers le passant leur poids de crotte humidifiée d'urine et de rosée. Certains prés multiplient les étrons géants, comme Douaumont les cratères d'obus. Il y a des endroits où la merde a été accumulée en grandes quantités, puis écrasée et répandue par les roues des tracteurs qui y ont laissé leurs empreintes. On dirait la bauge d'un dragon qui y aurait roulé ses anneaux monstrueux.

On se fait immanquablement piéger. Même si l'on a réussi tout un jour à les éviter, il suffira d'un retour nocturne, légèrement éméché, pour que le désastre se produise, la déflagration tiède, le dégagement brutal des remugles, les chaussures et les pantalons constellés d'une substance gluante. Le bas de caisse des voitures en est tapissé. Elle a pris un tel pouvoir adhésif en durcissant qu'on doute de pouvoir jamais s'en défaire. Même s'il fait chaud, il faut éviter de conduire fenêtre ouverte, le bras posé sur le rebord, faute de quoi on a toutes les chances de se faire éclabousser.

Plus sournoises sont les bouses d'un certain âge, dont la partie supérieure a séché de manière à former une capsule d'un gris clair de vieux bout de bois ou de métal terni. On les croit inoffensives, on se trompe. Enfant, c'était un plaisir de crever du bout d'un bâton leur croûte superficielle, de mettre à nu, sous la lumière, leurs entrailles vives, d'un vert soutenu. On éprouvait la sensation de l'intériorité, et c'était une révélation, une expérience métaphysique et sale, comme lorsqu'on éventre un petit animal, et qu'on y trouve la matière première de l'univers, encore tiède, au lendemain de la création.

Et puis il y a les vieilles bouses, voire les bouses d'une haute antiquité. Souvent, elles dégagent une odeur suave. C'était une source de surprise enfantine que ce paradoxe des fèces embaumées. Notre exaltation stercorale nous a même poussés à nous en jeter à la tête. La matière sale, ce qu'on ne touche pas et dont ne parle pas, voilà qu'elle s'étalait, victorieuse, omniprésente. La campagne n'était qu'un ventre tiède, et son odeur même paraissait nourricière : la même, à peine plus violente, que celle de l'herbe, du lait, du Saint-Nectaire, comme si le corps des choses vivantes se trouvait habité, en guise d'âme, d'un unique fumet.

Certaines vieilles bouses ressemblent à ces espèces de tuiles d'excréments qui sèchent en tas dans les villages tibétains, et qui servent indifféremment à construire les maisons et à se chauffer. D'autres, à force de s'aplatir, de se décolorer, entre le grisâtre et le beige, finissent par n'être presque plus rien, simples surfaces où l'on distingue encore d'anciens plis, et que l'âge a rendues granuleuses ou pelucheuses par plaques. Elles s'enfoncent et se fondent lentement dans leur support, route, rocher ou terre. On dirait des lichens, des chiffons, des taches.

D'ailleurs, dans la vieillesse et l'usure générale des choses, tout finit par se confondre. Terre et bitume qui se brassent au beau milieu du village, feuilles et vieux trognons de légumes, plumes de volatiles, fragments de cartons, mégots, poignées de foin, petits animaux morts et charognes, élytres d'insectes, bouts de ficelle, cailloux, déjections emportées par les jets d'eau sale, mélangées par les pluies, momifiées par le soleil, et le système compliqué des ombres, et puis l'entrelacs des lichens et des mousses des vieux toits, les plantes minuscules qui s'y développent et les pigmentent de rouille, de gris ou de verdâtre. De sorte qu'à y regarder de près, on ne sait plus très bien ce qui est quoi, et si, partout, intimement mêlés à tous les corps, ne reposent pas d'infinitésimaux fragments de merde, éclats du corps dispersé de la grande déesse.

*

Ces mains, qui pèsent souvent le double d'une main citadine, ces mains dont ils ne savent pas quoi faire et dont le froid ne pénètre même pas l'épaisseur, ont écrasé des nez à la sortie des bals, actionné la détente des fusils, dépecé les sangliers, scalpé les cerfs, décapité les canards.

L'os et la chair, la chair et la dent, la chair et la chair savent ici les voies inédites, inquiétantes ou comiques, pour se séparer. Naguère, le porc, qui tenait à sa viande, remplissait tout le village de ses hurlements, aussi proches de la manière humaine que le sont ses régimes omnivores. Naguère on sortait des greniers les pièges remplis d'un paquet grouillant de rats: queues, dents, yeux affolés. On plongeait ça dans l'eau. Naguère, les bêtes malades échappaient souvent aux contrôles vétérinaires et à l'équarrissage. Certains les précipitaient du haut de la falaise rocheuse qui fait face au village. Elles tombaient entre les arbres et se brisaient les membres, quelques dizaines de mètres plus bas, dans un pierrier envahi de ronces. Comment mouraient-elles? Comment pourrissaient-elles?

Les adolescents ont le goût des choses macabres, peut-être parce que leur âge découvre le temps, et la mort. On capte la force du monstre en s'ornant de ses dépouilles. Ils allaient fouiller dans le pierrier, parmi les ossements disséminés. Des moutons, des chèvres, des chiens, peut-être des vaches avaient dû être jetés là. On trouvait des fragments de mâchoire, des côtes, des cornes. Les carcasses mêlées suggéraient le squelette d'un animal fabuleux. Les vertèbres ressemblaient à de petits crânes étranges. On y passait une ficelle, on s'en faisait une breloque qui pendait sur la poitrine.

Aujourd'hui, les centaines de grenouilles braconnées dans les marais de la montagne sont assommées, écorchées, délestées de leurs pattes, enterrées enfin en vrac dans un trou. Au bout de quelque temps, la terre qui recouvre le trou se met à bouger. Quelques batraciens, accrochés à la vie, tentent maladroitement de s'extraire du charnier avec le peu de corps qui leur reste. On se demande quelle sorte de vie inconnue de la vie ordinaire les anime.

Aujourd'hui le canard traverse le village sans sa tête. Il ne semble pas décidé à se laisser attraper.

Le renard rôde autour des maisons. Parfois il franchit les défenses et fait un carnage, vingt poules d'un coup, saignées, pour le plaisir, pour la beauté du geste.

Le blaireau pris au piège refuse sa défaite. Avec les dents, il entaille la peau, la chair, scie l'os et se libère en se tranchant la patte. On la retrouve seule dans le piège.

Les chatons nouveau-nés sont enfermés dans un sac. On frappe le sac contre un mur.

Le camion-citerne de la laiterie écrase régulièrement les vieux chiens de berger, quand ils ont accompli quinze ans leurs devoirs et que la cécité, la surdité, les rhumatismes et la faiblesse les empêche de se garer à temps. Je me souviens d'une merveilleuse petite chienne noire, avec laquelle je jouais enfant. Adulte, elle n'était pas bonne à grand-chose. Elle est vite devenue une épave squelettique, mais se refusait obstinément à crever. Chaque année, son état était plus lamentable. Elle titubait la tête basse sur des pattes noueuses. Tout son poil perdu, la peau se montrait à nu, une espèce de cuir gris, gibbeux, semé d'abcès et de tumeurs. Elle n'avait plus de dents. Son ventre et ses organes génitaux sanglants pendaient bas. Mais ce déchet hideux conservait une capacité d'affection égale à celle du chiot qu'elle avait été. Plus que croûtes et quignons de pain, il lui fallait de la tendresse. On essayait de la tenir à distance. De guerre lasse, on se résolvait à lui accorder une caresse, en ayant pris la précaution de glisser la main dans un gant de vaisselle. Elle aussi a fini par connaître l'étreinte miséricordieuse des pneus du camion.

L'hiver, on attrape le dindon. On s'occupe de son cas à deux. Il faut que l'un le tienne bien, l'empoignant par derrière, des deux mains, à la racine des ailes. La bête tente de les secouer, de toute son énergie. Le comparse introduit le couteau dans la gorge. Les muscles des ailes s'agitent plus fort, il faut s'accrocher. On a l'impression de commencer un décollage difficile. Puis les efforts du dindon baissent progressivement d'intensité, à mesure que le sang lui fait défaut.

Aujourd'hui, le vétérinaire arrive en pleine nuit pour la vache qui ne parvient pas à se libérer du veau trop gros. Les bêtes produites par insémination sont souvent énormes. Si les choses se passent trop mal, le veau s'étouffe dans le ventre de sa mère, qui risque de mourir à son tour. L'ultime solution : introduire un câble de métal dans l'utérus de la bête, y découper le veau. Du vagin grand ouvert, on extrait de sanglants quartiers.

Aujourd'hui, le sacrifice du lapin conserve tout son pouvoir de fascination. Antoine l'accroche par les pattes à la porte de l'étable. Le sang goutte dans les flaques de purin et s'y mélange. Comme les bourreaux chinois tournaient autour du supplicié, Antoine s'active avec son petit couteau. Peu d'incisions suffisent : on tire sur la peau depuis les pattes, elle vient toute. Il appelle ça lui «enlever son pyjama». Tout à coup, c'est une autre bête qui apparaît. Disparu, le jouet de fourrure sautillant. Le déguisement ôté révèle une petite cavale de l'apocalypse tendue dans le bond, retenue par une corde au-dessus de la terre ensanglantée. Son corps est livide, strié de rayures pourpres, ses dents forment un rictus et la pulpe ténébreuse de ses yeux sans éclat semble la substance d'un regard pourrissant. Cette chair à nu se détache sur le fond obscur de l'étable comme un signe énigmatique. Les enfants contemplent la scène religieusement.

Aujourd'hui, les sangliers tentent encore d'éventrer les chiens, les cerfs continuent à se battre, à se tuer parfois. L'automne dernier, deux d'entre eux n'ont pas seulement mêlé leurs bois dans la lutte : à force de pousser, de se rouler en tous sens, ils les ont inextricablement noués dans la clôture en fil de fer qui délimitait le pré où ils s'affrontaient. Les deux adversaires ont basculé ensemble dans un épais buisson d'épines noires, dont les pointes très acérées ont parfois dix centimètres de long. Ils y ont creusé un tunnel de plusieurs mètres, et ont fini par retomber sur le chemin en contrebas. C'est là qu'on les a trouvés. Deux animaux impressionnants, dont les corps obstruaient le sentier. Un seul, semblait-il, une espèce de monstre double, tant la lutte et la position où ils étaient tombés les avaient encastrés l'un dans l'autre. Il fallait regarder attentivement pour comprendre auquel appartenait telle tête et tel membre raidi par la mort. Sous le paquet hérissé de cornes et de sabots en vrac émergeait un mufle, un œil déjà colonisé par les mouches, comme si l'une des bêtes avait eu une seconde tête, grimaçante, sur l'échine. L'odeur qui se dégageait de ça, pour infecte qu'elle soit, n'avait rien d'insupportable. On aurait presque pu la trouver étrangement attirante, comme le vide.

Tels qu'ils étaient tombés, on pouvait supposer que l'un des deux avait eu la colonne vertébrale brisée par la chute de l'autre. Le survivant avait agonisé enchaîné au cadavre de son adversaire. Il faisait encore chaud. Il eût fallu que les gardes forestiers ne tardent pas trop à venir enlever les dépouilles, après avoir prélevé les bois. Mais ils ont pris leur temps, et les bêtes sont restées encore huit jours. La besogne n'a pas dû être agréable.

Et puis, comme toujours, l'holocauste des mouches. L'été, leur présence devient obsédante. Elles s'immiscent partout, colonisent les plafonds, explorent la vaisselle, se regroupent en escadrons autour de la moindre miette. La nuit, elles entament le relevé topographique de toutes les surfaces de chair qui dépassent des draps. Une seule, parfois, suffit au harcèlement, acharnée, butée, impossible à écarter, déjouant toutes les tentatives de meurtre. Elles deviennent plus agressives, se mettent à piquer. On les hait. Les rubans jaunes accrochés un peu partout se muent, au bout de quelques heures seulement, en grappes noires, en essaims répugnants, agités par instants de vrombissements désespérés. Quelques prisonnières, après de longs efforts, parviennent à se détacher au prix d'une aile ou d'une patte. Encore engluées, elles ne vont pas loin, et leurs cadavres souillent l'évier ou le sol. Il est difficile de se défaire des rubans remplis. Le mieux, l'hiver, est de les jeter au feu. Ils s'enflamment d'un coup. Le petit brasier naît et s'éteint aussi vite que le grésillement qui l'accompagne: celui des mouches que l'on croyait mortes et qui toutes ensemble agitent les ailes dans le feu. Les petits corps reviennent à rien en une seconde, avec ce son qui ressemble à la récrimination grinçante, inarticulée, d'une voix s'élevant du fond des flammes.

Enfant, j'observais avec intérêt l'agitation de ces grains noirs doués de vie, objets de carnages miniaturisés. La mouche, elle aussi, dans sa diligence obtuse, dans son indifférence multiple, la mouche tranquillement funèbre me semblait animée d'une part de l'esprit du lieu.

Au-dessus de tous ces démembrements sans importance, scrutant ces plaies, des busards attentifs ne cessent de planer.

*

Mais cette violence des odeurs et des goûts, des corps et des existences n'a rien à voir avec une intensité particulière de la vie. Au contraire. Je m'en rends compte dans cette immobilité forcée, au cœur dramatique de ce moment, alors que l'hiver et la montagne s'insinuent en nous d'une pression égale, enveloppent tout de leur présence sourde. Cette violence provient d'une intime, d'une essentielle fadeur. Elle la nie, elle la masque, et cependant, par son excès même, elle la laisse entrevoir comme par transparence. On dirait que la fadeur est le fantôme, ou l'ombre de l'intensité, ce en quoi elle trouve sa vérité. Dans certains états de l'atmosphère, de particulières qualités de la lumière, on peut parfois, ici, la humer, l'entendre, la goûter presque pure, comme le substrat du temps. L'ennui n'est que l'un de ses plus redoutables avatars. Ce n'est pas par ennui, par solitude que l'on boit, mais par peur et par désir de la fadeur, on veut la goûter tout au fond de l'alcool parce qu'on ne sait pas comment l'affronter autrement.

Au-dessus du clocher poudré de neige, au-dessus des lauzes qui écrasent de tout leur poids les charpentes, la montagne s'élève comme un mur. Le haut en est absorbé par le nuage, et tout le reste rongé, piqueté par l'oïdium fibreux de la neige. Sur les anciennes photos, ces pentes apparaissent nues. C'étaient des alpages communautaires, où chacun pouvait laisser ses bêtes. On les appelle « le Bas ». Aujourd'hui elles sont presque entièrement couvertes de hêtres et de genévriers. C'est sur eux que, chaque matin, nous ouvrons nos volets, sans plus guère y faire attention, heureux seulement de leur présence, de leur réseau irriguant l'espace, le fertilisant de calme.

Nous ne les voyons plus, nous ne les connaissons pas, comme la plupart des êtres et des objets qui composent ce pays. Mais leur aspect, leur disposition nous ont sans doute à ce point imprégnés qu'ils en sont venus à constituer notre texture mentale. Le mur, la forêt ne cessent pas de se déverser discrètement en nous. Est-ce que nous ne voyons pas avec ce que nous avons vu, est-ce que nous ne pensons pas au moyen de certaines formes déposées en nous?

Dans ces vieilles montagnes, tout, comme le travail du paysan, se répète inlassablement: les lauzes sur les toits, les pierres s'ajoutant aux pierres pour former les longs murs séparant les parcelles, les ondulations d'herbe sur les prairies nues, les alignements de crêtes pesantes, les hêtres et les chênes des forêts. Partout le même jeu de variations et de répétitions. Ce moutonnement donne le rythme et l'atmosphère des pensées. On pense, on rêve selon la lancinante redite irrégulière des murs, selon l'arborescence des hêtres.

Dans les bois que je vois là-bas, débordant des toitures, naviguant dans les vagues d'ecir, la chute des feuilles a mis à nu le réseau des branches. Comme ils occupent les pentes d'en face, le regard ne les atteint pas durement selon une ligne perpendiculaire aux troncs, mais de biais, comme s'ils se penchaient d'un même mouvement pour incliner vers l'observateur leurs cimes dépouillées. J'aperçois, au travers de l'entrelacement des ramures, le sous-bois rose comme une peau, couvert d'une pellicule de feuilles anciennes. L'énorme masse de la forêt s'est convertie à la transparence. Plus rien en elle ne pèse. Chaque arbre dessine une figure infiniment complexe, que je pourrais détailler à l'infini. Mais je ne le fais jamais. Le tronc prend en charge mon regard, comme un guide prend le néophyte par la main à l'entrée du labyrinthe, et puis le laisse s'égarer dans ses bifurcations. L'arbre demeure inachevé, sa dureté d'objet distinct et solide se défait, je m'enfonce dans le hêtre, doucement, je m'y absorbe, je m'y oublie.

Ces ramures du fayard racontent l'histoire de son devenir inachevé. Plus il s'avance vers son accomplissement, plus il se perd, et s'amenuise, et se réduit, comme pour passer l'extrémité infiniment ténue de l'un de ses membres dans un interstice du réel. L'arbre s'adoucit et s'efface en devenant ce qu'il est, et l'on se dit qu'à force d'extinction puissante, c'est son fantôme seul qui serait capable d'accéder au monde hypothétique des vrais arbres. Le paradis, ce monde à venir qui sera le vrai, est peuplé d'êtres translucides. Lorsque nous serons devenus ce que nous sommes, nous n'aurons plus rien à nous, nous pourrons nous traverser paisiblement, dans un monde de neige blanche, de souffles et de voix étouffées. L'arbre ici, qui pousse sur notre versant inachevé, est la coquille durcie, enfoncée dans nos strates géologiques, que nous laisse l'arbre advenu demain.

Stupéfié par le froid, engourdi, j'assiste à l'effort des arbres vers ce qu'ils ont à être. Je sens qu'ils n'y parviendront jamais, qu'une tempête les abattra, que la vieillesse les pourrira, qu'un paysan les coupera avant qu'ils soient des arbres. Pas de fin ni de forme définitive : montagnes, forêts, villages et murets demeurent discrets, ne se séparent qu'avec peine de ce qui les entoure. Se dégageant si difficilement de la gangue du monde environnant pour devenir eux-mêmes, ils ne cessent de nous renvoyer à lui. Se tirant de lui, ils le tirent vers nous. Ce n'est pas seulement la terre qu'ils retiennent et empêchent de glisser, mais le réel même que leurs racines agrippent pour nous.

*

La cérémonie est terminée. Nous n'en avons rien vu. Le cercueil est sorti de l'église, je reprends la poignée. Nous remontons, pas trop vite, la pente raide qui mène au cimetière, entre deux haies serrées de spectateurs muets, qui se rangeront ensuite en colonnes pour nous suivre. On n'aperçoit de la foule, en marchant, qu'un conglomérat flou, on éprouve le sentiment des visages et de leur entassement sans rien distinguer. On se sent nulle part et personne, réduit à une fonction, tout entier à ce qui tire vers le bas, dans les fibres du bras, et qu'il faut faire avancer. Les maisons s'écartent, les visages disparaissent, tous derrière nous. On émerge en plein ciel à nouveau.

On passe devant la croix, le travail où l'on ferrait les bêtes, le four banal. Il y a quelques années, la toiture de lauzes s'effondrait, tout le village s'était rassemblé pour effectuer un premier travail de réfection, nettoyer, récolter les pierres abîmées ou déplacées avant que le maçon s'y mette. Les hommes s'étaient juchés sur la toiture. Les femmes, en bas, effectuaient l'indispensable noria de bouteilles. Le four sert encore, les jours de fête.

Le cimetière se trouve à ce point où les pans des maisons, puis ceux de la montagne, s'ouvrant comme des carapaces superposées, mettent à nu les replis de ce petit espace humain. Tous ligaments arrachés, ce morceau de terre et de vieux arbres dérive sur les lames bleues des monts.

Il occupe le centre d'un cercle concentrique d'histoires dont beaucoup ne se disent qu'en termes voilés, au moyen de codes et de symboles ingénieux. Car il faut bien dire sans paraître médisant. Il s'agit souvent de ce que l'on dépose dans les caveaux ou de ce que l'on en retire. Il y a quelques lustres, un tombeau fut vidé de ses derniers occupants au moyen d'un tombereau et d'un système complexe d'intermédiaires : un homme originaire du village avait épousé une femme venue d'ailleurs, une méridionale. Elle en devint veuve. Ne venant au village que de loin en loin, elle chargea quelqu'un qui connaissait mieux le pays — son amant, de faire nettoyer le caveau afin d'y loger à l'aise l'époux regretté. L'amant chevaleresque s'acquitta de la mission confiée par la veuve en demandant l'aide d'un paysan muni du tombereau fatal. On tira de leur sépulture les ancêtres devenus très légers. On les chargea dans la remorque, et on alla les déverser en vrac dans le ravin servant de décharge, juste au virage où la route débouche de la forêt. Les ancêtres se mêlèrent aux vieux bidons, aux cuisinières rouillées, aux cartouches de fusils. Peut-être pendirent-ils longtemps, étranges fruits, aux branches et aux épines.

Le même caveau, car de multiples canaux souterrains relient les récits et les tombes, ne se signale pas seulement par ce qu'on y a pris, mais par ce qu'on y a mis. Un guide des traditions locales, à l'usage de touristes ethnologues, lui accorderait sans doute quelques étoiles et la mention «mérite un détour». De mystérieux paquets, à une époque, circulèrent sous le manteau dans le village. Des boîtes. Boîtes à biscuits? Boîtes à chaussures? J'ignore quelle est la bonne version. Contenant quoi? On assure, et on paraît bien informé, on mit la main à l'affaire, qu'il s'agissait de chats. Ceux de la belle Méridionale. Elle les faisait enterrer par son amant et par amour, en catimini, dans son caveau. Les denrées étaient congelées pour supporter le voyage.

Nous avons à l'occasion de la mort de Lucie le fin mot d'une histoire de cimetière vieille de vingt ans. Elle n'attendait que la clé d'une mort peu ordinaire pour s'ouvrir complètement. Nous avions toujours admiré le dévouement de la grand-tante d'un de nos amis, originaire du village mais parisien comme nous. La mère de cet ami était morte subitement. Le caveau se trouvait bondé d'aïeux serrés comme dans une rame de métro. Il fallait agir vite avant les obsèques. La vieille dame, en dépit de son âge, avait accepté de se charger du travail: faire de la place, en fouillant dans les couches décomposées du fond. Le petit neveu a appris hier, de source bien informée, que l'empressement de sa bonne grand-tante provenait certes de l'affection qu'elle lui portait, mais aussi d'un sentiment moins désintéressé. Elle avait profité de l'occasion pour extraire, de la bouillie d'ancêtres, les alliances, les chaînes et les dents en or qui y reposaient avec eux. Il ne lui en pas voulu, sachant que l'horreur de rien laisser perdre fut la vertu qui permit à quelques tenaces miséreux de laisser un peu d'argent à leurs enfants.

*

Nous y sommes à présent. Tous les assistants ont défilé, l'un après l'autre, pour bénir le cercueil. Cela encore a duré une grosse demi-heure, et maintenant il ne reste que nous, les porteurs, aux quatre côtés de ce cercueil quatre cents fois béni, avec le père et la mère.

Ils ne sourcillent pas. De temps à autre, François intervient d'un mot bref pour régler un détail technique. C'est un homme réservé, qui n'a jamais manifesté de goût pour le pathos, l'épanchement ou la confidence, pas plus que pour les jugements hâtifs et les commérages. Il goûte le vin, les contes et les blagues, les récits du vieux temps, les rires autour de la table. Resservir les plats, couper du saucisson pour les petits, abreuver et restaurer ceux qui entrent chez lui, qu'il les connaisse ou non. Pour le reste, c'est ainsi, ainsi. Que ce qui doit s'accomplir s'accomplisse.

François nous fait signe de la tête qu'on peut y aller. Il est d'accord, oui, il accepte qu'on y mette sa fille, encore allongée entre toutes nos jambes qui s'emmêlent dans l'étroit espace délimité par les tombes et les monceaux de fleurs. Comme je suis le seul à porter de grosses chaussures, je me charge de descendre dans le caveau, afin d'assurer le passage de la bière et de la glisser sur les deux pitons rouillés qui la supporteront.

La fosse est profonde. On n'en distingue pas très bien le fond. Il faut assurer la descente en posant le pied sur le bord d'un piton, un étage au-dessous de celui de Lucie. L'étage correspond sans doute à un écart de deux générations, puisque Lucie en a sauté une pour mourir. Il s'avère difficile, dans cette obscurité humide, d'effectuer des gestes précis. Ma chaussure manque de peu son objectif et porte sur quelque chose qui cède sous mon poids, se défait avec aisance. Je me rends compte que je viens d'éventrer un vieux cercueil. Retirant vivement le pied, je lance la main au hasard pour essayer de tomber en douceur. Le geste provoque d'autres éboulements. J'éprouve la sensation de glisser au fond d'un monde sans consistance et sans résistance, où la forme des objets ne serait qu'un leurre prêt à s'effondrer au moindre contact.

À présent je me tiens debout, les deux pieds plongés jusqu'aux chevilles dans l'eau qui stagne au fond de la fosse, sur une couche de boue rouge. Au-dessus de ma tête, le carré bien net de l'ouverture, où j'aperçois des jambes, des mains, un visage qui me demande si ça va, si je suis prêt. Il y a trois étages dans le caveau. Les cercueils que j'ai achevé de défaire par mon intrusion ont lâché une partie de leur contenu, morceaux de planches et d'ossements, au fond de l'eau. Un grand os brun rouge dépasse des ruines de l'un d'entre eux.

Le cercueil de Lucie, que me passent les porteurs, bouche l'orifice. Je parviens à le faire glisser sur les deux pitons du haut, en le soutenant par dessous à bras levés. Puis, pataugeant un peu, je remonte à la surface. Il ne reste qu'à replacer la dalle : c'est fini.

François et Marie-Claude restent encore tous les deux, seuls. Avec la fermeture de la bière, c'est toujours le moment le plus dur. On le sait. Chacun semble posséder cette science du deuil, de ses rythmes, de ses évidences et de ses paradoxes. L'unique désespoir ne diffère en rien des autres désespoirs uniques.

IV

Il ne doit pas être loin de cinq heures. Il a cessé de neiger. Lorsque nous retraversons le village, les premières voitures démarrent. Bientôt il faudra traire. Des traînées de la boue rouge qui occupait le fond du caveau zèbrent mes vêtements et mes mains. Il reste deux heures de jour à peine pour fouiller la maison de Joseph. Négligeant toute transition décente, tout recueillement, nous le ferons dans les mêmes vêtements que nous avons arborés pour les obsèques. Nous nous munissons de lampes, de foulards, de bonnets, et de ces masques de papier que l'on utilise pour appliquer des produits toxiques.

Nous ramenons la tante, c'est sur le chemin. Assise à l'arrière, elle parle encore, mais des silences prolongés entourent ses phrases. Je n'ai plus le courage de lui parler de papa. Il y a des moments où l'énergie de la parole fait défaut, et peut-être aussi parce que ni mon frère ni moi ne désirons parler de cela à trois. Chacun de nous ignore ce qu'en sait l'autre, nous n'avons jamais abordé le sujet. Mais nous aurons l'occasion de retourner chez la tante avant de partir, je lui parlerai, elle recommencera l'histoire, elle l'éclaircira pour moi, j'écouterai attentivement, je saurai poser les bonnes questions. Nous la déposons et nous filons chez Joseph.

Ce que m'a raconté mon père, le jour des mûres, c'est aussi une existence de valet, dans laquelle la soumission et l'effacement jouaient un grand rôle. Je l'avais toujours connu nanti d'un patron, et parlant de patron, lorsqu'il rentrait le soir, après ses huit heures de travail et ses trois heures de transport quotidiennes, accrochant son béret et son imperméable brun qui sentait le métro. Pendant quelques années, il mit la main aussi au travail à façon que nous exécutions à la maison : la reliure d'agendas. Je me souviens nettement de l'odeur de la colle. J'ignorais à quel point le travail avait servi à définir mon père, jusqu'à recouvrir toute son identité.

On a besoin de croire que les parents n'ont pas d'histoire. Ils servent à fonder la nôtre. Les faire entrer dans l'histoire, c'est les tirer de l'absolu où nous avons besoin qu'il demeurent. Il faudrait que leur vie, avant de devenir ce pour quoi, pensons-nous, ils existent : nous-mêmes, ne se constitue que d'épisodes légendaires, annonçant déjà cette fin sublime vers laquelle ils tendent, comme l'enfance du Christ.

Mon père provenait d'amours contrariées. Mon grand-père n'avait pas pu épouser la femme qu'il souhaitait. Il était son cousin germain. Tous deux sortaient de la même maison, la nôtre, chez Cailliste ; car nos maisons portent des noms à elles, sans rapports avec ceux qui les occupent. Elles ont plus de poids qu'eux, plus de durée. Ma grand-mère en avait donc épousé un autre. Mais pendant que son mari s'occupait au front, elle avait fauté avec l'ex-prétendant, le cousin. Il avait fallu accoucher secrètement de l'enfant dans une province éloignée, et le confier à une femme qui l'avait élevé. Cette femme, c'était la vieille dame de La Charité, celle que mon père tenait tant à passer voir à chacun de nos voyages, dont il parlait avec une telle déférence. Je le revois, debout dans la grande maison pleine d'ombre, face à cette femme de peu de bruit, accueillante comme dans les contes. Elle lui avait tenu lieu de mère, mais c'était pourtant une étrangère, elle aussi. Sans doute il ne savait pas bien ce qu'elle était pour lui, ce qu'elle avait à être, ni ce qu'il devait faire, sinon être là, hésitant, respectueux, présentant ses deux enfants, content tout de même, pour une heure, mais sentant, recueillie comme la lumière au creux des verres et des vases, l'amertume d'une enfance inaboutie.

Après la mort du mari, mon grand-père et ma grand-mère avaient vécu séparément, sans reconnaître leur fils. Elle finit tout de même par prendre ce fils avec elle, et tous deux allèrent s'installer au village, chez Cailliste. Mon père était alors un jeune homme de vingt-deux ans, fraîchement échappé de la ligne Maginot. Sa mère ne pouvait pas se résoudre à admettre publiquement cette maternité. Elle le présentait donc comme son chauffeur.

Tout le monde savait, dans les montagnes, comme on sait tout, par une circulation souterraine de l'information dont les principes continuent à m'échapper. Je me figure ces villages perdus, cernés de gorges et de forêts, équipés d'un attirail secret de miroirs et de lunettes braqués sur le désert environnant, les arbres, les maisons et les vaches munis d'écouteurs camouflés, le sous-sol caillouteux parcouru d'un réseau de fils aboutissant au récepteur secret installé dans la cave, sous l'essaim des patates hérissées d'antennes et de vibrisses blêmes. Tout le monde savait, mais faisait semblant de rien. On admit tacitement le chauffeur : le premier patron de mon père fut sa mère. Il s'établit paysan. Il n'y connaissait pas grand-chose. Mais il conserva un souvenir heureux des canons de rouge bus dans les fermes, des courses de quarante kilomètres dans la montagne pour aller chercher des cylindres de cantal dans les burons. Il avait besoin de simplicité. Après la guerre, il s'établit garagiste, toujours sous l'égide de la mère impérieuse. Il n'y échappa qu'en se mariant. Né chauffeur, il exerça la profession de chauffeur, et s'occupa de l'automobile d'un grand patron de l'industrie. Voilà ce qu'il avait à dire de si difficile, dans le chemin creux couronné d'épines : qu'il n'avait pas été le fils, mais le chauffeur de sa mère. Et je soupçonne qu'à cause de cela il buta toute sa vie sur les mots. Un chauffeur ne parle pas. Il bégayait facilement, ne trouvait jamais le terme juste, prenait un mot pour un autre. Beaucoup de ses colères s'effondraient ainsi très vite, leur fragile charpente verbale cédant tout de suite, sous le poids de la plus légère émotion.

Il fallut qu'à la fin, la parole lui soit retirée, pour la dernière fois. Sur son lit d'hôpital, il chercha à me parler, sans y parvenir. Le caillot au cerveau avait dû provoquer l'aphasie. Je distinguais mal son regard. La buée, la sueur brouillaient les verres de ses lunettes. Nous n'étions pas dans la montagne, mais à l'intérieur d'un cube étroit, sans fenêtre, qu'un grand vitrage d'aquarium rendait tout entier visible du couloir. Il y reposait pareil à un poisson au ventre blanc, seul dans l'arborescence des machines et le corail froid des tuyaux au lieu des ronces et des pierres. Les machines seules l'assistèrent au moment de sa mort, comme pour tout le monde. Il n'avait jamais eu la parole. Sauf, peut-être, ce jour des mûres, où je l'avais vu s'y accrocher avec une ténacité que je ne lui connaissais pas. Il était entendu qu'on l'enterrerait au village. Dans ces plateaux désertiques, où l'on existe selon son ascendance, il était quelqu'un. On le reconnaissait.

Son vrai père ne le reconnut qu'*in extremis*, juste avant de mourir. Il devint son fils à près de cinquante ans. Sa mère ne dura pas très longtemps ensuite. Ils n'avaient pas d'autre enfant. Nous n'avions plus besoin de relier des agendas le soir à la maison : ces deux morts faisaient de lui l'unique successeur d'âpres marchands de ferraille et de peaux de lapins qui avaient thésaurisé. Il eut aussi la maison, la ferme avec ses bâtiments, les terres. De valet, il était devenu maître. Pauvre, il basculait dans la richesse. Cela ne suffit pas à le rendre patron, et il resta le même petit employé, avec un chiffre différent sur son compte en banque.

*

La porte principale de chez Joseph est verrouillée de l'intérieur, il faut entrer par la grange. Sous les poutres basses subsistent des traces du temps où il s'occupait encore d'un troupeau. Les outils sont là, la faux avec laquelle il coupait l'herbe, dans ces pentes raides où ne s'aventurent plus les machines. Au creux d'un tas de paille se dessine la silhouette d'un homme, vêtue de la blouse et du pantalon de toile noire. Joseph avait l'habitude de dormir là, sur ces vieux vêtements qui demeurent comme une empreinte, comme le moulage approximatif d'un corps dispersé par un cataclysme. Il faut tâtonner, à la lumière hésitante de nos lampes périmées, pour trouver la serrure.

Déverrouiller ne suffit pas. Un bon coup d'épaule s'avère nécessaire, et la porte basse finit par céder. On débouche dans un boyau étroit, d'une noirceur absolue, humant violemment la vache et le fromage archaïque. Le faisceau des lampes devient tout à fait inapte à restituer la topographie de ce passage. On devine des angles et des coins, au-dessus de la tête, sur les côtés, et même aux pieds, lesquels doivent glisser prudemment pour trouver une assise. Sur deux mètres à peine de longueur, c'est un concentré d'indistinct. L'obscurité, dans les couches les plus basses, laissée à elle-même durant des lustres, semble y avoir acquis une telle épaisseur que la lumière n'a pas la force de pénétrer sa masse. On hésiterait à y plonger la main, de peur de ne pas la retrouver.

Le passage n'existe pas. Ce n'est pas une pièce d'habitation : toutes, même les plus étrangement agencées, ont vocation à devenir familières. Avec les années, le regard finit par ranger dans un ordre défini les fouillis les plus complexes, par trouver un sens aux taches les plus informes du papier peint ; leur configuration prend une allure nécessaire, au plafond les nœuds du bois dessinent toujours, à l'heure du sommeil, les mêmes masques sacrificiels. Rien de tel ne sera possible dans le passage. Le noir s'y recueillera toujours dans un creux glacial dont on ne connaîtra pas le fond. Jamais il n'aura forme ni figure pour personne, jamais ses planches souillées, mélange d'artefacts et de nature, de poussière et d'usure ne ressembleront à quelque chose, jusqu'à ce que la maison soit démolie, ou qu'on le nettoie et le peigne pour le faire accéder au statut plus honorable de couloir. Mais jusque-là il offrira aux occupants de la maison le privilège rare de posséder une réserve de chaos. Juste de quoi, à petits coups vite sirotés de nuit, se consoler de l'ordre grandissant du monde.

Une petite fenêtre, un simple carreau, donne dans une pièce qui doit être la chambre. Il m'est arrivé de dormir dans des chambres qui communiquent avec ces espèces de vestibules d'étable. On y respire l'herbe et le fumier. On se glisse sous l'édredon, on éteint la lumière. On entend alors, derrière la cloison sur laquelle un rameau de buis chatouille les pieds du crucifié, le piétinement lourd et le souffle des bêtes. On dort en compagnie d'un veau. On accueille sous ses draps un lent troupeau. Cette pesanteur favorise le sommeil. On sent, dans l'obscurité mitoyenne, la concentration des ruminants que rien ne distrait de la panse. On se laisse entraîner dans ces spirales tranquilles.

*

Sans doute, au cousin, sa maison présentait une figure claire. Sans doute, d'une certaine manière, les choses s'y trouvaient-elles en ordre. Pour le novice, pour l'impétrant qui vient de franchir le boyau donnant accès à la grande salle du bas, leur présence envahissante donne le vertige. Sur le vaste plateau de la table, sur le plancher, sur la cuisinière à bois, sur l'évier, sous les meubles, les lampes nous le confirment, pas une place, pas un bout de surface, même celle des murs, qui ne soit occupé par un fouillis d'objets à l'identité en général imprécise. Des monceaux de vêtements et de chiffons englués de poussière grasse ressemblent à des corps flasques entassés dans un charnier. Aux poutres du plafond, accrochés par de grosses ficelles, pendent comme des outres de gros sacs en plastique. Au toucher, ils se révèlent remplis de choses molles et pesantes. On n'ose pas ouvrir. Toutes les pièces de la maison avouent le même capharnaüm, dont nos visites clairsemées à Joseph ne nous permettaient pas de soupçonner l'ampleur.

Dans les chambres du premier, des toiles d'araignées aussi vastes que des hamacs déploient leurs tentures au-dessus des lits. Elles descendent jusqu'à hauteur d'homme, noires de leur charge de poussière.

On préfère ne pas imaginer quels monstres se dissimulent dans les plis de ces voiles funèbres.

Dans la plus grande se trouvent, bien rangées contre un mur, une douzaine de chaises propres et neuves, peut-être commandées récemment à un menuisier. Avait-il dans ses vieux jours, après plus de trente ans de solitude, éprouvé la nécessité impérieuse de se munir de sièges au cas où la compagnie serait nombreuse? Songeait-il encore à d'éventuelles réceptions? Dans la plus petite, un lit à deux places, lui aussi bien propre, avec son sommier. Mais Joseph couchait dans la paille de son étable, avec ses vêtements pleins de vermine.

Joseph ne lavait rien. Peut-on imaginer un célibataire lavant son linge? Pourtant, il n'avait jamais eu l'air d'un homme sale et négligé. Il avait trouvé un moyen simple de régler la question. Dans les chambres, on trouve de petits tas de chemises neuves, encore empaquetées dans leur housse de plastique intacte, des chaussettes, des sous-vêtements vierges. Lorsque la chemise avait fait son temps sur sa peau, il en choisissait une neuve dans sa réserve. Quant à l'autre, il la roulait en boule sous son lit, l'abandonnait dans un coin, l'oubliait. Elles y sont encore toutes. Sous les sommiers, dans les coins entre armoire et murs s'amoncellent les vêtements de toute une vie, antiques pantalons râpés et troués, chemises froissées, vieux caleçons, chaussettes de laine, certains raidis de crasse et comme cartonnés, allant sereinement vers la momification, d'autres à la consistance molle et incertaine, presque décomposés, pareils aux peaux d'anciennes mues.

Dans cet air noir, emplâtré de poussière moisie, où surnagent les cadavres de vieux remugles, on respire un concentré de solitude. Les lampes, creusant dans l'ombre leurs fragiles tunnels, ne cessent d'en extraire des images de choses enchevêtrées, accumulées, incompréhensibles, en une quantité épuisante. Par où commencer ? Joseph a trouvé le système de défense idéal pour le trésor : l'infini du bazar. Portes et tiroirs ouverts livrent des centaines de lettres, de cartes postales, des monceaux de paperasse, des boîtes pleines de clous et de vis, et toutes ces choses débordent, sautent au visage, libérées d'une longue compression dans un espace trop restreint. Un hémisphère de pain, qui doit dater de l'invention du pain, est mis à nu lorsque nous parvenons à désemboîter la dure paroi osseuse du tiroir de la table. Sa tranche infectée comme une vieille plaie a pris une couleur bleu pâle.

À mesure que les fouilles avancent, que nous rejetons derrière nous ce que nous avons extrait de chaque veine, la marée d'objets monte, menace de nous déborder, la literie et les vêtements, écartés, retournés, se gonflent en vagues qui s'écroulent les unes sur les autres. Les chaussures et le bas du pantalon encore couverts de la boue rouge du caveau, je nage dans des choses défuntes, poignarde des matelas à grands coups de coutelas. Ils éclatent comme des ventres et libèrent leurs tortillons d'entrailles blanches. L'écume de poussière rejaillit, les matières en suspension emplissent l'étroit espace de la chambre du bas, où l'air est devenu irrespirable.

La nuit à présent doit être tout à fait tombée. On aperçoit parfois, à la lueur exténuée des lampes, bouche masquée, cheveux couverts d'un foulard et mains protégées par des gants de vaisselle, un autre plongeur se démenant dans les eaux écrasantes de ces profondeurs, acharné à trouver un trésor dans l'épave bouleversée, à remonter au jour la chose dure et brillante, le petit soleil enfoui dont la lumière nous réconfortera. Lucie, au même moment, nous échappe désormais, et avec elle tout ce que d'elle nous pensions pouvoir thésauriser, clos sous la pierre qui pour l'éternité le dilapide.

Polémique

La littérature sans estomac
Pierre Jourde

D'une plume habile et féroce, Pierre Jourde s'attaque au monde littéraire contemporain, dénonçant le culte de certains auteurs dont les œuvres sont promues au rang de chefs-d'œuvre. Polémiste, sociologue, il révèle de quelle manière le maniérisme peut se faire passer pour du style et la platitude pour de la sobriété. Mais il n'oublie pas de s'enthousiasmer pour quelques auteurs qui, eux, ne sont pas des « faiseurs de livres » mais bien de véritables écrivains.

(Pocket n° 260)

Il y a toujours un Pocket à découvrir

Angoissante petite ville...

Festins secrets
Pierre Jourde

Logres est une petite ville pluvieuse et sinistre. Gilles Saurat, professeur débutant, y est envoyé pour son premier poste. Le voilà livré au monstre de l'Éducation nationale, qui dispense à une génération de jeunes gens indolents un enseignement perverti par des méthodes pédagogiques aberrantes. Mais le pire n'est pas là. Gilles trouve à se loger chez une veuve complaisante qui l'introduit dans un cercle d'oisifs petits notables provinciaux gagnés par l'extrémisme politique, et portés sur les perversions sexuelles... L'histoire banale d'un enseignant d'aujourd'hui va devenir un véritable voyage en enfer...

(Pocket n° 13127)

Il y a toujours un Pocket à découvrir

Faites de nouvelles découvertes sur
www.pocket.fr

- Des 1ers chapitres à télécharger
- Les dernières parutions
- Toute l'actualité des auteurs
- Des jeux-concours

POCKET

Il y a toujours
un **Pocket** à découvrir

*Cet ouvrage reproduit par procédé photomécanique
a été achevé d'imprimer sur les presses de*

BUSSIÈRE
GROUPE CPI

*à Saint-Amand-Montrond (Cher)
en novembre 2007*

POCKET - 12, avenue d'Italie - 75627 Paris Cedex 13

— N° d'imp. : 71853. —
Dépôt légal : février 2005.
Suite du premier tirage : décembre 2007.

Imprimé en France